十界戦争

命の戦

市川 登
ICHIKAWA Noboru

文芸社

はじめに

人の命は、「地獄の苦しみの命」（地獄界《じごくかい》）から、「仏の揺るぎない命」（仏界《ぶっかい》）まで十のカテゴリーに分かれていると仏法で説いている。

飽くことを知らぬ貪りの「餓鬼界《がきかい》」。どこまでも愚かな「畜生界《ちくしょうかい》」。他人に勝らないと気の済まない「修羅界《しゅらかい》」。

かと思うと自己を省みず、彼《か》の人に良かれと一心に行動した時に、命から感ずる喜びの命の「菩薩《ぼさつ》界《かい》」。冷静に物を感ずる「人界《にんかい》」。欲することが為された時に感ずる「天界《てんかい》」。知識を求め追求する「声聞界《しょうもんかい》」。閃《ひらめ》きや発見を施す「縁覚界《えんがくかい》」。

平静に時を送っていても、知人の悪意や事故や天災、一瞬の下に奈落の底へ突き落とされてしまう世界と自分自身。

瞬間瞬間に目まぐるしく変転していく命の中で、地の下三千由旬《ゆじゅん》の地獄の底にのたうってしまうのか。氷点下三〇〇〇度の氷の下の苦しみの一瞬に、それを発条《ばね》として跳ね上がるだけの挑戦の仏の命を出せるのか。

この物語は登場人物が多く、もちろん主要な人物も何人かいるが、ワンシーンしか出てこない人物もいたり、主人公達の行動にも、やや物足りなさを感じられるかもしれない。

しかし、その一人ひとりの人物も、一瞬一瞬の命の動きの中で息づいている。あえて言えば、その時々の「命の動き」が主人公なのかもしれない。

その人物を高めていく「善の命」が勝つか、損なわせていく「悪の命」が勝つか。

さあ、「命の戦」の始まり始まり。

目次

この作品はフィクションです。登場人物、団体名等、すべて架空のものです。

第一部

一

――私は今「人界」にいる。そしてもう一人の私は今、「畜生界」に行こうか「菩薩界」に行こうか迷っている。

タカシがパンを投げた。敏子に向かってちぎったパンをまた投げつけた。敏子もキャーキャー言いながら、自分のパンをちぎって投げ返す。

「おい、やめとけ！　食べ物を粗末にするな！　投げんな！」

大きな声で言ってはいるがまだ必死さが足りない。強く言って生徒とトラブルになることをどこかで避けようとしている、弱い心の「畜生界」がどうやら勝っているようだ。

「おっ、先公ちょっと怒ってきよったな。もっと怒らさなおもろないな」

タカシの「畜生界」が調子に乗り出した。

パンのくずを拾い出した私の後頭部に誰かが投げたパンが当たった。一瞬賑やかだった教室が少し静かになった。だが私はじっとこらえて床に落ちているパンくずを黙々と拾ってゆく。

落ち着け落ち着け、ここでこっちも激昂して怒鳴り散らせば、今この教室に漂っている多くの「餓鬼界」や「畜生界」の生命に染まっていってしまう。私の「人界」の生命感がそう囁《ささや》いた。

「ちぇっ、せっかく面白くなりかけてたのにひっかかってけえへんなぁ、まぁ飯でも食うか……」

タカシの「餓鬼界」が「人界」へ戻っていった。他の生徒はまた賑やかにしゃべり出し、時にはパンをまだ投げ合う姿もあった。

ここは大阪市花房中学校、三年生の教室内の風景である。

いつの頃からか、生徒達は教師の言うことを聞かずやりたい放題になった。中には真面目な生徒もおり、教師も何とかまともな学校に戻そうと頑張っているのだが、いいかげんな生徒の数が多過ぎて、今では収拾のつかない状態になっているのが現状である。

私はこの中学校に勤務してまだ三か月目にかかったところだ。高橋通《たかはしとおる》、平凡な名前だ。教員採用試験に四度失敗し、五度目にやっと採用された、あまり優秀ではないが、やや粘りだけはあると自負している男である――

◆

もうすぐ学校に行かなければならない時間だというのに、母さんはまだ寝ている。夜が遅いのだからそれは仕方がないとしても、今日も冷蔵庫を開けても何も食べ物がない。また学校の近くのコンビニに寄って、何か買って学校で食べるしかないな……。

広子はそう思いながら今日も化粧に時間をかけ、ウエストのところを何度も折り返したミニスカート姿で家を出た。

途中で自転車に二人乗りしていた百合と比奈に出会い、三人でコンビニに向かった。ジュースとパンを買い、おまけにタバコを注文しても、明らかに未成年だと分かっているだろうに店員は何も言わない。「画面にタッチして下さい」と、ジャージ姿の百合の方をあまり見ないで、無表情のまま品物とお釣りを渡す。この店のこの店員だけなのか。それともこの地域全体がいいかげんなのか……。

「あいつら中学生のくせに、またタバコを買いやがった。店長も店の被害になること以外なら、ある程度、客の態度は大目に見ておけと言っているし……」

店員、浩二の「畜生界」がそう囁いていた。


三人は学校の裏門のところに自転車を停め、門の鍵を合鍵で開けて入り、非常階段でパンを食べた後タバコを吸った。

そこへ隣のクラスの吉雄と好太がやって来て、吉雄が「三本くれ」と言ってきた。

「何で三本やねん」と広子が言うと、

「満夫が二本持って来いいて言うてんねん」

「あとの一本は誰の分や?」

「俺のに決まってるやんけ」

「何でお前なんかにあげなあかんねん」

「ええやんけ。一本貸しといてくれや」

（月曜の一時間目は身体がだるいなぁ……。みんなも眠そうな顔をしているのが仰山おるわ。ま、やんちゃな連中はほとんどまだ来てへんから今のうちに授業を進めておこう……）

数学教師の谷川君枝の「畜生界」が囁いていた。

二次方程式の問題を解いている時、いきなり教室の前の扉を開けて満夫が尊《たける》を呼んだ。尊がすぐに席を立つと、谷川は尊をつかまえて席に戻るように言った。満夫が谷川を横からドンと突いて尊を逃がした。

「いらんことすんな、ババァ！」

満夫は谷川の方を睨《にら》みながら一番前の机を蹴り倒した。

「何してんの！」

一旦よろけた谷川は体を戻すと、満夫にそう言った。

「何や、やんのんか、こらぁ！」

谷川に向かっていこうとする満夫の前に、洋が割って入り、

「満夫、やめときやめとき」

と言った。

「ええかっこすな！　ワレ！」

椅子を蹴りながら満夫は出て行った。

「修羅界」と「餓鬼界」と「畜生界」を入り混ぜながら、谷川は怒りに震えていた。

「あんたらに構ってたら授業でけへんわ。みんな受験生やねんから」

谷川は出て行った満夫から目をそらし、みんなの方を向いた。

「ちぇっ、俺らのことを『受験生やから』と言ってだしに使って、結局満夫にビビってるだけやんけ」

学級代表の横田が呟《つぶや》いた。教室の中は「修羅界」や「畜生界」の生命が充満していった。


「満夫、はいこれ」

吉雄が二本のタバコを渡す。

「おぉっ」

と言って満夫は尊と一緒に三階の男子トイレに入った。

廊下番をしていた教師の安倍が、

「おい満夫、授業中やぞ」

と言っても、

「うるさい！」

とだけ言って尊と共に個室に入って扉を閉めた。安倍は、

「はよ、せいよ」

とだけ言って、何のために入ったかは知っているが、それ以上注意はしない。安倍の顔にも今は「畜生界」の様《さま》が出ている。

その時、通は一階の廊下番をしていた。

（一体いつからこんな状態になったんだろう。何が原因なんだろう。今何が必要で、どうしたらいいんだろう。私は今何ができるんだろう……）

無力感に苛《さいな》まれたまま、ただ時間が過ぎるのを待っている自分が情けなかった。

二

高橋通は大阪で生まれた。父と母は歳が離れており、父が四十六歳、母が三十歳の時の子供であった。

父は若い時、警察の通信の仕事をしていたと言うが、通が大学に通う頃には定年退職して駐車場で働いていた。通が一浪して東京の大学に合格して、大学の寮から通学し、夏休みを迎えたある日、大阪の兄から突然電話があった。

「親父が入院した。帰って来られへんか」

容態は大したことはないと言ったが、大したことがなければ帰って来いとは言わないだろう、と思いつつ、

「分かった」

と返事をしていた。

二日後に帰って、入院中の病院に着くと、二歳上の兄がいた。

「実は電話では話さへんかったけど、お腹にだいぶ水が溜まっていて、三日前にお腹を切って水を抜いたんや。その時はちょっと予断を許さない危険な状態やったんや」

何が「大したことない」や……。父親の方を見ると、こちらに気付いてうっすらと目を開けて、

「何や通、帰ってきたんか」

と、か細い声で言った。どうやら通が大学に通い出して、少しホッとしたのか、昔腸捻転《ちょうねんてん》を起こしたところに水が溜まったらしかった。

この時は回復して退院し、後に八十八歳で亡くなるまで、地道に母と二人で暮らしていた父だった。


いつまで待っても学年の会議が始まらない。学年主任の大井はただじっと座って教師が揃うのを待っているだけだった。

三組の担任の吉岡は、若くて熱心だが、少し周りが見えない時がある。自分が生徒指導している時は、全てにそれが最優先して、他の教師が会議で集まっていても平気で遅れることがよくあった。もう会議開始の時間より四十分が過ぎている。

「何のために短縮授業にしているのか、意味ないなぁ」

皆が集まらず、学年会議がなかなか始まらないことにイライラした、年配の技術家庭の教師、田原が呟いた。結局予定の時間より一時間以上遅れて皆が揃い、会議は始まった。

ただでさえ生徒との対応で疲れている上に、遅く始まる会議。連絡や報告が多く、皆で協議してもなかなか結論が出ず、夜十時近くになって会議はやっと終わった。皆は無言で職員室に戻り、書類を整理して職員室を出る。明朝にはすぐ学校に出勤しなければならず、身体を休めるどころか、自分の時間さえ取れない日々が続いた。

可能広子は若い両親に育てられた一人娘であった。

五歳になるぐらいまでは親子で一緒によく遊んだりすることも多かった。ただこの頃から、父親がパチンコに夢中になり始めた。

調子のいい時はいいが、時には日に何万円も負けてしまうことがあった。だんだん生活費を入れなくなった。そして夫婦喧嘩が始まった。

とうとう父は母に暴力をふるい、我慢しきれなくなった母は離婚を決意した。父も母に愛想がつきていたのか、二人はすぐに別れた。

お金がなくても食べていかなければならない。母子ともに生きていくために、母は夜の仕事を始めた。まだ三十代だったのである程度稼ぐことができた。しかし食べることに少し余裕が出てきた母は、ある店の若いホストのもとに通い始めた。その男性と会っている時は、嫌なこと全てを忘れることができた。そこでお金を使い出したので、また生活は苦しくなっていった。


広子は、百合の髪の毛を掴んでひきずり回した。わめきながら百合は広子の肩に噛みついた。悲鳴をあげて百合から離れた広子の右手には、抜けた百合の髪の毛がごっそり掴まれていた。泣きながら百合は女子トイレから逃げ出した。

「畜生界」と「修羅界」の生命がたぎっている広子の耳には、男達がしゃべっている言葉など、何を言っているのか全く分からなかった。

隣の男子トイレにいた連中もそそくさと離れていったが、満夫だけが広子に声をかけた。

「何があったんや?」

「百合がうちのオカンの悪口言うたんや」

満夫は頷《うなず》いて百合を捜しに行った。


職員室では広子と百合のもめごとが話題になっていた。主任の大田は広子の担任の吉岡に、広子の家に電話をして母親を学校に呼ぶように言った。吉岡はなかなか親には連絡がつかないと言った。田原はそんなことより、まず広子を呼んで話を聞く方が先だろうと言った。

どこかで、「誰が広子と話ができるんや」と言う声が聞こえた。高橋はとにかく広子を捜そうと職員室を出た。三年の男連中が下足室のところにいた。

「吉雄、広子どこにおるか知らんか」

「知るか、自分で捜せ、ボケ!」

こういう答えが返ってくることは承知の上だ。

(まだ「人界」のままだな)と通は自分の心に囁いた。(大丈夫だ。あいつらの「畜生界、修羅界」に巻き込まれていったら負けだ)

校舎裏、裏門周辺と捜し回った後、非常階段のところに、意外と一人で広子がいた。

「広子、どうしたんや?」

と聞きながら、広子がくわえたタバコを取り上げたけれど、意外に抵抗しなかった。何も言わないので、高橋はポケットからいつも入れているゴミ袋を取り出して、

「今日はまた多いなぁ……」

と言いながら、連中が食べ散らかしたお菓子の袋やタバコの吸い殻を拾い始めた。

数分経ってゴミ袋がいっぱいになった時、

「何でそんなゴミ拾うねん?」

と広子が声をかけた。

「何でって、ゴミだらけやったら、自分の学校が汚れてて悲しいやろ」

「こんなとこ学校ちゃうわ!」

「ほな何や?」

「ゴミ溜めや!」

「そんな悲しいこと言うなや……」

「お前は何で怒らへんのや?」

「怒ったら良うなるんか?」

広子がまたタバコをくわえたので、取り上げたら、今度も何も言わなかった。

「百合に悪いことしたわ。髪の毛だいぶ抜けてちょっと血も出てた。桜井(保健の教師)おったら診てもらったって」

「分かった。言うとくわ。しかし一体何があったんや?」

「百合から聞いて。うちはもう今日は帰るわ」

広子はそう言って裏門のところに停めていた自転車に乗って帰って行った。

高橋は、よし、また今度ゆっくり話を聞いてやろうと思って職員室へ戻った。

ずっと冷静な「人界」のままでいられたことが嬉しかった。


百合の手当てをした桜井に、百合が話したのはこういうことだった。

最初はテレビ番組の話などをしていたのだが、急に広子が「百合の母親はいつも晩御飯を作ってくれていいな」と言った。百合は「ご飯もまずいし、広子の母親はお金をよくくれて、美味しいものを食べれていいやん。それに広子の母親はいつも綺麗に化粧していて素敵や」と褒めた。

「ただこの間は何か夜、若い男の人と手をつないで歩いていたで」と言うと、「そんなこと二度と言うな!」と言って急に怒り出した、ということだった。

(そうか。広子は母親のことが本当に好きなんやな)と通は思った。何かそう思うと、急に広子のことが素朴な女の子に思えてきた。

通は、(もう一度広子に会おう、会って話したいことがある……)と思って広子を追いかけた。

満夫は三人兄弟の末っ子である。上の二人の兄はそれぞれ学校で名を売った札付きの乱暴者であった。上の兄二人が学校で問題を起こすと、よく母の吉乃が学校に呼ばれた。吉乃はそのたびにすぐ学校に飛んで来ては息子達を見つけると叱り飛ばした。決して学校に文句を言わないのが、橘家のモットーだった。


学校からの帰り道、広子は自分の家の近くでタバコを吸っている満夫に出会った。

通り過ぎようとすると、

「おい、広子」

と珍しく満夫の方から声をかけた。仕方なしに寄っていくと、タバコを一本差し出した。

黙ってもらうと、満夫はライターを放《ほう》ってきた。火をつけて返すと黙って受け取った。

満夫も何も言わない。広子がじれ出すと、

「原チャリ乗るか？」

と満夫が言ってきた。あまり気が進まなかったけれど、まぁええかと思って広子は頷いた。

広子が住むマンションの裏の空き地で、満夫が運転するバイクの後ろに乗って広子は何も考えていなかった。風を切っていくのが心地いい。何周か回った後、

「じゃあな！」

と言って満夫は帰って行った。

「明日、学校来いよ！」

と後ろを振り返らずに言って満夫は去って行った。

向こうへ歩いていく満夫を見ながら、

「何かえぇとこあるやん」と、フッと笑って広子は家へ向かうことができた。

何かほのぼのと「人界」の生命感を感じながら……。


高橋が可能広子の家のチャイムを押すと、広子が出てきた。

「何や、家まで来んな！」

広子の機嫌が悪い。

「お母さんいてはるか？」

「こんな時間おるわけないわ！」

夜の八時をまわっていた。

「何時ごろ帰ってきはる？」

「知らんわ！　十二時過ぎやろ！」

「分かった……。また来るわ」

「もう来んでええわ！」

暗い道を帰りながら通は何か虚《むな》しさを感じていた。今まで何回広子と教師の間でこういうやりとりがあったんだろうと、ふと思った。十二時を過ぎても母親が帰って来ない。もし十四、五歳の自分がただ一人、毎日誰もいない家でご飯を食べて眠りにつく……、そのことを想像してみるだけで気持ちが暗くなっていった。

ひもじい、さみしい……「畜生界」。母親と話をしたい、笑い合いたい……「人界」。母親を喜ばせたい、何か手助けをしたい……「菩薩界」。広子は様々な思いを抱きながら、灯《あか》りもつけずに三畳の部屋で闇を見つめていた。

ちょっとウトウトし出した頃、玄関のドアが開いた。母が帰ってきた。制服のスカートを折り返して短くして穿《は》いている広子の目から見ても、母のスカートの丈は短い。冷蔵庫を開けて、冷やしてある麦茶を一口飲んで、母はフゥーッとため息をついて寝ている広子のすぐそばに座った。お酒の臭いがプゥーンと漂ってきた。母親の指が広子の髪の毛をそっと触った。広子は寝たふりをしていた。ちょうどその時、玄関の扉をコツコツと叩く音が聞こえた。母親はビクッと身体を動かして、

「誰や今頃?」

と言って腕時計を見た。時間はもう夜中の一時になろうとしている。母親は立って玄関まで行って、

「誰?」

と言った。

「こんな夜分にすみません、広子さんの学校の高橋という者です」

広子は飛び起きた。母親は扉を開けた。

「実は広子さんのことで一度お母さんとお会いしたくて……」

「しかしこんな時間に来るか？」

「十二時を過ぎないとお母さんは帰って来ないと広子さんが言われたので……」

「お前、何しに来てんねん！」

広子は小さいが押し殺したような声で高橋を睨みつけた。

しばらく母と広子を見つめていた高橋は、

「でも今日、お母さんに会えて良かった。またいつかお話ししましょう」

と言ってニコッと笑って扉を閉め、帰って行った。暫《しばら》く呆気にとられていた二人は、

「明日、あいつシバイたる！」

と広子は怒鳴った。

「ははは っ」

と母親は笑って、

「ええ根性してるやないか。夜中の一時にやって来るか？」

と言って、また笑った。何か母親は久しく感じたことのなかった、情というか「人界」に触れたような気がしていた。広子は「修羅界」の塊になっていた。

高橋は、身体は疲れていたが、何か温かい「人界」のようなものを心に抱いていた。

三

校長の吉井と教頭の百田は、朝から校長室で話し合っていた。

もう一時間以上、会議中の札が掛けられたままである。吉井はついに決断した。警察ＯＢの職員に頼んで校内を巡回してもらおうというのである。

二時間目の授業が終わり、チャイムが鳴って教頭からの校内放送で全職員が職員室に集まるように指示があった。放送が終わると同時に火災を知らせる報知器のベルが鳴ったが、また誰かのイタズラだろうと、今ではすぐに動く教師はいなくなってしまっていた。

ほどなくある程度の職員が職員室に集まると、校長の吉井は言った。

「教育委員会に要請して、明日から警察ＯＢの職員に校内を巡視してもらおうと思います」

三年の教師の山崎は手を挙げ、発言した。

「ＯＢであろうと警察職員の介入は、授業に入らずにエスケープしている連中の神経を逆なでするだけだと思います。もうちょっと考えるべきです」

「逆なでするも何も、今奴らはやりたい放題で、他の授業を真面目に受けたい生徒に迷惑をかけっぱなしなので、導入もやむを得ないと思います」

と一年の教師の田代が言った。

「保護者は何と言うか？　せめてＰＴＡの本部役員だけには、先に話しておいた方がいいと思います」

とＰＴＡの書記をしている大井が言った。

三年の教師である高橋は、これはとんでもないことだと思った。昨日広子と会い、初めて母親の顔を見ることもできた。これからだと思っていた矢先である。

思わず手を挙げて発言していた。

「反対です。生徒一人一人は敏感です。警察関係者が校内をうろうろしたら、教師はもう何もできない、自分達を見放した、権力で抑え込もうとしていると思ってしまって、かえって彼らの反発を買うだけだと思います。もっと彼らと話し合っていくべきだと思います」

「話がでけへんでこうなってしまったから、何とかしようという話を今してるんやないか！」

と二年の体育教師の三村が大きな声で叫んだ。

「待って下さい。こんな大事な問題、この十分間の休み時間内に話せる問題じゃないでしょう？」

と三年の大井が言った。

「いや、これはみんなの意見を聞くために集まってもらったんではなく、教頭と話し合って決めたことをみんなに伝えるために集まってもらったんです」

と校長の吉井が言った。

「バカヤロー！　こんな大事なことを管理職だけで決めるなぁー！」

と言って三村が吉井の元へ詰め寄って行った。

ちょうどその時、三限目の授業始まりのチャイムが鳴った。もう無茶苦茶である。とりあえず高橋は生徒達を放っておけないと、三年四組の教室に向かった。

職員室では怒鳴り合う声が聞こえていた。「修羅界」と「畜生界」が激しく混じり合って戦っているように思えた。

木崎智子は吹奏楽部の部長を務める三年の女子である。彼女はどんな時も冷静な判断ができる生徒であった。

教室のみんなは教師がやって来ないので騒いだり立ち歩いたりしていた。智子はこれではいけないと思い、この授業で習うであろう英語の教科書の英文をチョークで黒板に書き始めた。

「何書いてんねん、やめとけ！」

と男子の古田が言ったが、強圧的でもなく、みんなも智子のやることを止めようとする者はいない。

「ごめんごめん、ちょっと話し合いがあって……」

と高橋が急いで教室に駆け付けた。

「おい、早よ座れ！」

と学級代表の横田が言ったが、後ろの方で数人の男子が座席を替わったりしてなかなか自分の席につかない。

「先生、何を話し合ってたんですか?」

と横田が聞いた。

「あぁ、ちょっと今学校の状態が良くないんで、そのことでちょっとな……」

高橋はそれぐらいしか言えない。

「そんな、大事な受験生の時間を無駄に使わんといて下さいよ」

お調子もんの平井が言った。

「お前、先生が来えへんで一番喜んどったやないか」

横田が言ったのでみんなはどっと笑った。

「おお木崎、本文書いてくれてたんか。ありがとう」

教室に着いた時、黒板に何か書いていた智子に気付いた高橋は言った。

「あっ、ええよ、先生。早よ授業進めて」

「よっしゃ!」

教室の後ろではまだ自分の席につかなかったり、しゃべったりしている生徒もいるが、もちろん智子のような意欲的な生徒もいる。彼女達一人ひとりも大切にしていかなければ、と思いながら、何故か昨日の広子の顔も思い浮かんできた。

よし、頑張るぞ! と高橋も意欲が湧いてきた。先ほどの職員室の暗い「人界」の生命感から明るい「人界」へ、そして人のためにという菩薩の生命感にも包まれながら、高橋はカッターシャツの袖をまくりあげた。

翌日満夫は顔を腫らして、二限目が終わった後、登校してきた。三限目に廊下番をしていた高橋は、

「おはよう。昨日は誰とやり合ったんや？」

と優しく満夫に声をかけた。

「何で知ってんねん？」

と満夫は驚いた顔をして高橋を見た。

「何でって、そんなに顔を腫らしとったら、誰かと何かあったんやな、と思うで」

「何や、それだけのことか」

と言って満夫は教室の後ろの扉をガラッと開けて一旦入った後、すぐ廊下に出てきて、傘立ての鉄の枠に座っている高橋の横に座った。

「この間、広子の家に行ったんか？」

「あぁ、よう知ってるなぁ」

「お前、しかし夜中の一時に行くかぁ？」

満夫は何か楽しそうにしゃべっている。

「広子がそんな時間やないと、お母さんと会われへんって言ったからな」

「変な奴やなお前」

と言ってポンと肩を叩いて階段を下りて行った。通は何か温かいものを感じて、

「あいつがあんな感じでしゃべってきたん初めてやな」

と思った。

みんながよく集まる通称「キリン公園」には、最初尊と吉雄がいた。

そこに他校の三年生が五人やって来た。尊と吉雄は、そちらの方をあまり見ないようにしていたが、突然向こうの方から「タイマンやらへんか」と言って来た。吉雄は「やらへん」と断ったが、奴らは何回も誘ってきた。しまいには、尊らが遊んでいたサッカーボールを取り上げて、蹴ったり投げつけたりしてきた。「返せ」と言ったら、「タイマンしたら返したる」と言った。

吉雄は背は高いがひょろっとしており、尊は小さい。二人ともあまり喧嘩は強くなかった。

向こうの一番小柄なのがやって来て、「俺とタイマンしたらボールを返したる」と言ってきた。

尊が「俺がやる」と名乗り出た。吉雄はやめとけと言ったが、すぐに相手が尊に蹴りかけてきた。

これはあかんと思って、吉雄はそこを離れて、満夫達を呼びに行った。携帯で連絡をとり、四十分ほどして満夫と吉雄、それにあと二人、タカシと好太もキリン公園に駆け付けた。しかしそこには、鼻血を出し顔が腫れ上がり、服も泥だらけになった尊が横たわっていた。

「おーっ、助っ人呼んで来たんか、ええぞ！　相手したるわ。しかし弱過ぎるのぉ、こいつ、五分も持たへんかったぞ！」

と小柄なのが大きな声で怒鳴った。他の連中はニヤニヤ笑っている。

次にタカシが向かっていった。二発、きれいな蹴りががっしりした相手に入ったが、すぐに反撃されタカシも負けてしまった。そして好太と吉雄、二人ともやられてしまった。

さすがに満夫がボスだと思ったのか、相手はすぐには手を出して来ない。相手の身体の大きいのが満夫に「タイマンしよ」と言ったが、満夫は誘いに乗らない。

満夫は今、母親に問題を起こすな、ときつく言われていた。

「ほな、もうこのボールもらって帰るぞ！」

とその大きいのが言った。

「待てや！　十発なぐらせたるから、ボール返せや」

と満夫は言った。

「お前それでも番張ってんのんか？　よう向かってこんのんか？」

「ええやんけ！　殴らせたるから、もうボール返したれや」

「ちぇっ、ヘタレやのぉ。ほな、殴ったるわ。そこへ立て！」

満夫は公園の真ん中で両足を踏ん張って立った。

ぐわぁんと最初に相手の拳骨が満夫の右のこめかみ辺りにぶち当たった。満夫はよろめいて頭がくらくらした。二発三発と更に激しく、相手の拳が満夫の顔を左右に揺らした。鼻血が飛び散った。

「向かってきてもええぞ！」

相手が言うが、満夫は足を踏ん張って、その場所から動かない。

ぐわぁん、ぐわぁん！　と頭の奥で耳鳴りが続いた。みぞおちに一発くらった時に、「ぐっ」と言って満夫は崩れ落ちた。

「まだあと二発残っとるぞ！」

とぐらぐらする頭と、戻しそうな腹に相手の声が響いてきた。

「もうええやろ。やめとけや」

と言うタカシの声も聞こえてきた。

「山口、もうええんちゃうか」

と言う他校生の声も聞こえた。

（そうか、こいつは山口いうんか……）

満夫はゲロを吐きそうなのも呑み込んで、よろよろと立ち上がった。

「もうくたばっとけ！」

ぐわぁん！　ぐわぁん！　と二発、また満夫の顔が吹き飛ぶほど強烈なのをもらったが、満夫は何とか持ちこたえた。

「ちぇっ、歯ごたえないのぉ！」

と言いながら相手の五人はゆっくり公園を去って行った。

残ったサッカーボールを拾いながら、吉雄は、

「満夫、ほんまにごめん！」

と言った。

（終わったんか）

ホッとした満夫は、またその場に崩れ落ちた。ボロボロになった尊と吉雄が泣いていた。タカシは「今度絶対仕返ししたる！」と言っていた。

顔面がヒリヒリして戻しそうになるほど腹も痛んだが、何故か満夫はどこか満足していた。殴られて手を出さなかったのは、生まれて初めてやな。せやけどこの感じは悪あらへんな。何かええ気持ちもするぞ、と満夫は思っていた。決して負けたとは思っていなかった。

何か「修羅界」「餓鬼界」「畜生界」に勝ち切った「人界」「菩薩界」のような「命」を、不思議にも感じていた。

翌日登校した満夫に高橋が声をかけてきた。前に広子から、高橋が夜中の一時に家に来て母としゃべったということを聞いていたので、満夫は、「おっ、何か今までの先公とちょっと違うとこあるな」と思っていた。だから高橋に声をかけられても、今までみたいにうっとうしい気持ちにならなかった。というか、何か昨日、山口とかいう奴に殴り返さなかった時に感じた気持ちにちょっと似ているなと思った。今まで、「餓鬼・畜生・修羅」の三界だけのような生命状態しか感じなかった自分が、この頃何か物を感じる「人界」のような状態を時々感じ出しているのが不思議であった。

校長室は修羅場であった。いや修羅場であってほしかった。しかし実際は、校長の吉井に対して三村が二言三言言っただけで、あとは教頭が繰り返した言葉にみんな黙ってしまった。

「じゃあＰＴＡの本部役員さんにだけは事前に連絡をとっておきます。あとは、今まで改善できずに悪くなっていっている一方なので、とにかくはまず、学校長が言ったことを今回行ってみます！」

「やった後で余計に悪くなっても知らんぞ」

と三村は言った。

「これ以上悪くなる余地はないでしょう」

と一年教師の田代が言った。結局ＰＴＡにも連絡を取らなければならないので、明後日から警察ＯＢに校内をパトロールしてもらえるように教育委員会に連絡することになった。

生徒にどう伝えるかという問いに対して、学校からの要請ではなく、教育委員会から直接そういう指導が入ったという建て前にしておこうということになった。


しかし、警察ＯＢの職員がパトロールしても何も変わりはなかった。相変わらずエスケープする者は教室に入らなかったし、注意されても何ら変わらず、今までと同じように食ってかかってきた。ＯＢ職員達も強くは言うが、全く動揺しない生徒達にかえって動揺していった。

高橋は現場で戦う以外ないと思った。

「おい、お前、この前何で夜中に家に来るねん！」

いきなり広子が高橋の胸ぐらを掴んできた。一時間目の授業に出ようと職員室を出た途端である。

他の教師はこの場面に気付いているだろうに、教室に急ぐ方が大事と考えているのだろうか、誰も足を止めない。やっと教頭の百田が、

「おい、やめとき」

と言って広子の肩をたたいた。

「おい！　今度触ったらしばくぞ！」

と言って広子は百田の膝を思い切り蹴った。

「痛《い》たたっ！」

「あっ教頭先生、かまいません、大丈夫です。私が話しますから」

と高橋は百田に声をかけた。

「誰が話なんかするか！」

広子が気色ばむ。

「分かった、分かった。とりあえずここはあかん。場所変えよ」

「ついてこい！」

広子は高橋の胸ぐらを掴んだまま動いていく。とりあえず言いなりについていこうと高橋は従った。職員室前に百田がうずくまり、二、三人の教師が声をかけていたが、誰も高橋と一緒に行こうとする者はいなかった。

（ええよ、殴られてもええ。何とか広子と少しでもいいから繋《つな》がっていよう……）

高橋は恐怖の「畜生界」でなく、忍耐の「人界」へ、できれば広子の役に立ちたいという「菩薩界」へと生命を高めていった。

非常階段のところまで来た。「修羅界」の広子は、今は聞く耳を持たない。

「お前なぁ、調子乗んなよ！」

広子は凄い形相で高橋を睨みつけている。高橋は黙っている。イライラした広子は履いていた靴を投げつけてきた。高橋の右頬に当たって靴は落ちた。ぐしゃっという音がした。が、高橋は頬をさわろうともしない。先に非常階段にいた満夫や吉雄は面白そうに見ていた。

「何か言えや、こらぁ！」

広子は目をつり上げて喚いた。

「今何を言っても無駄やろ」

ポツリと高橋が言う。

「しばくぞ！」

「仕方ない」

広子が殴りかかろうとした瞬間、満夫が間に入った。

「おい高橋、何で夜中に行ったんや？」

広子を押さえながら満夫は高橋に聞いた。

「今まで何人の教師が可能の母親に会えたんや。ゼロやろ。そのままやったら今までと同じで何も進まへん。それが嫌やったんや。だから非常識やったけど、お母さんに一目会うことの方が広子にとっては必要やと思って行ったんや」

と高橋は満夫と広子を見ながら言った。

頬はヒリヒリするし、広子は鬼のような形相で睨みつけているが、高橋は今までの無力感の話ではなく、気持ちを伝えようとしている自分の感覚が感じられた。

「おい、広子あない言うとるぞ。お前はどうやねん」

満夫は広子に問いかけた。どうしてこんな役回りをしているのかな……と満夫は思ったが不快ではなかった。

「知るかぁ」

今までの闘争心が急にしぼんできて広子は力を抜いた。

「もうええ、離して」

高橋と話をするかと満夫は聞いたが、「もうええわ」と言って靴を拾って広子はその場を離れていった。

「お前はもうええのんか」

と満夫は高橋に聞いた。

「あぁ、広子の気が済んだんやったらそれでええ」

と高橋は言った。

「靴投げよったんはどうすんねん」

「あれは、鬼の広子が投げたんで、今は人間の広子に戻ったんやからもぉええ」

と高橋は言った。

「お前ほんまに変わっとるのぉ」

と満夫は呆《あき》れながら高橋の方を見ていた。


校長室では話し合いが続いていた。校長の吉井、教頭の百田、生徒指導の田所、そして警察ＯＢの三川と広瀬の五人である。

三川達は今までいろいろ非行生徒達と関わった経験を持つが、何かここの生徒達には話が通じないと閉口していた。

「何が違うと言って、まず大人に対する不信感というか根強いものがあると思います。それと警察なんか、屁とも思っていない。捕まらへんことやったら何でもするという感覚ですなぁ」

と広瀬は嘆いた。

「そうですか。三川さんらでも手を焼きますか」

と百田は言った。

「誰か一人でも少年院に送ることができたら少しは変わると思うんですが……」

と三川は言った。

「それやったら、自転車窃盗で補導されたことのある橘満夫が一番可能性があるなぁ。何か対教師暴力でも起こしたらなぁ……」

と田所は付け加えた。話し合いをしている「人界」の生命状態と、皆の生徒のためを思う「菩薩界」と、満夫を少年院に送ることができたら他の連中の行動の抑制になり、生徒指導が少し楽になるかもしれないという「畜生界」や「餓鬼界」が入り乱れ戦っていた。

他の連中もほとんどが「畜生界」や「修羅界」であり、せいぜい言っても「声聞界」止まりであった。本当に何とか皆のために良くしたい、そのための知恵を見つけたいという「縁覚界」や「菩薩界」までの生命状態まではなかなか届かない。どうしても今のしんどさから抜け出したい、自分の立場を守りながら楽になりたいという「餓鬼界」「畜生界」の域からなかなか出ていかなかった。

四

数日後、卒業後の進路のことなどを、担任教師と生徒とその親の三者で話し合う懇談の案内の紙を、担任の吉岡は広子に渡した。

「お母さんにちゃんと渡すんですよ」

「うちの親はこんなんは来えへんねん！」

と言って広子は紙を丸めて窓から投げ捨てた。

（うちを養うために夜遅くまで働いてくれてんねん。こんなもんのために、わざわざ来るか⁉）

広子は母親を煩わせたくはなかった。

「何してんのん？　取っといで」

と言って吉岡は広子の腕を掴んだ。若い教師の自分がバカにされたような気がした。

腕を掴まれたところが痛かったのか、広子は逆上して思いっきり腕を振り払った。勢いがあったため吉岡はバランスを崩してよろけて倒れ、机の角に頭が当たった。当たりどころが悪くて頭が切れ、少し血が流れ出た。

「痛《い》たっ、あんた何やってんのん⁉　対教師暴力やで！」

頭を押さえた手に血が付いたのを見て興奮した吉岡が叫んだ。吉岡を助け起こそうとする生徒、何が起こったんやと集まって来た生徒、隣の教室の騒がしさに気付いた高橋達数人の教師で、たちまち教室の中は人でいっぱいになった。

「お前が先に腕を掴んで捻《ひね》り上げたんやないか！」

（あかん、広子が鬼の形相になっている）と高橋は思った。吉岡に向かって行こうとする広子の前に高橋は割って入った。

「どけ！」

凄い形相で叫ぶ広子を押さえて高橋は、

「落ち着け！」

と言った。そこへ駆け付けた三年の教師の大井や二年の三村も加わって広子を生徒指導室へ連れて行こうとした。

「何じゃあワレ！」

と満夫や好太や吉雄が大井や三村の腕から広子を奪い返して、食ってかかってきた。

「満夫、ここは広子に話をさせてくれ！」

と高橋は満夫を見つめた。満夫もじっと高橋を見た。

「あかん満夫、こいつら広子を警察に渡しよるぞ！」

と好太が言った。

「ええいっ！　そんなことさせるか‼」

と満夫は言って高橋を両手でドンと突いた。高橋はバランスを崩して尻餅をつき、教室の壁に頭を打ちつけた。「痛《い》たたっ！」と言って、高橋の頭からも血が流れた。

「こら橋！　やりすぎやろ‼」

そこへ駆け付けた生徒指導の田所が言った。満夫は高橋の頭から流れる血を見て急におとなしくなった。


何人かの教師に連れられて、満夫と広子は生徒指導室へ入れられた。高橋は「こんな傷は大丈夫だ、満夫や広子と話をさせてほしい」と言ったが、他の教師らに聞き入れられず、大井の運転で、先に怪我をした吉岡と共に病院に連れて行かれ、治療を受けることになった。

修羅界が充満した中で、高橋は（自分は大丈夫だ。それよりも満夫と広子のことが心配だ。二人ともきっとわざと暴力をふるったわけじゃないはずだ……）としきりに二人のことを案じていた。周りの「修羅界」に紛動《ふんどう》されず、何とか二人を助けてやりたいと、苦しみの「地獄界」から思いやりの「菩薩界」の命が芽生えていた。


「可能と橋は、両方とも教師に暴力をふるったので警察へ被害届を出します。それでいいですね」

と校長の吉井は言った。生徒指導の田所と教頭の百田は頷いた。

三年の学年主任の大井は考え込んでいた。

（ここで被害届が出されると、広子はともかく満夫の方は、この間の自転車窃盗の件とからんで少年院送致の可能性が出てくる。これが吉と出るか凶と出るか……）

病院での治療は、吉岡は傷が軽かったので傷口の消毒と止血剤、高橋の方は傷口が少し開いていたので右頭頂部を五針縫った。二人とも診断書を取り、吉岡は全治一週間、高橋は三週間となった。

病院から帰り校長室でその旨を報告すると、校長は高橋達二人に、すぐに今から警察に行って、被害届を出してくるように言った。

「ちょっと待って下さい。橘達はわざと暴力をふるったんではなかったと思います」

と高橋は言った。

「何言うてんねん！　教師二人が頭から血い流した傷負ったんやで。これが単なる事故なんか⁉」

と田所が詰め寄った。

「被害届が警察で受理されたら、二人は鑑別所へ行かなあかんことになるでしょ」

「そんなん、まだ決まってへんやろ⁉　吉岡先生はどう思ってはるんですか⁉」

「私は皆さんが言いはるようにしようかと思いますが……」

「これは学校として生徒指導上の大きな判断になると思います。全職員に諮《はか》って下さい」

高橋は必死で言った。今日の出来事は、満夫達の行為は決して悪意があってのものであるとは思えなかったからだ。

「難儀な奴ちゃなぁ！　こんな時間もう全職員はおるわけないやろ」

田所が時計を見たら二十時を回っていた。

「分かりました。今学校にいる職員に諮りましょう」

と吉井は言って、教頭の百田に、放送で職員を職員室に招集させた。時計の針は二十時十五分を指していたが、それでも三分の二ほどの職員達が集まった。

「今日、三年の男子生徒・橘と、女子生徒・可能が、吉岡先生と高橋先生に暴力を振るい、結果吉岡先生が全治一週間、高橋先生が三週間の診断書が出ました。二人の生徒に対する我が校としての対応について、先生方のご意見を聞きたいと思います」

と吉井が端的に話をした。暫く沈黙の後、学校と言っても最終判断は学校長の責任になるのだから、吉井先生の気持ちを聞きたいと一学年主任の田代が言った。おもむろに皆を見回した後で吉井は言った。

「私は、今現在先生方が粘り強い指導で生徒達に接してくれていますが、なかなか学校の状態は良くなっていません。今回、生徒との対応の中で二人の先生が負傷し、診断書も出ている今となっては、警察へ被害届を出さざるを得ないと思います」

続いて三学年の大井が、

「今回のことは、生徒が一方的に手を振り回したり教師の胸を突いたりして起きたことですから、今の学校長の判断もやむを得ないと思います」

と言った。

「誰か反対意見はありませんか？」

と教頭の百田が言った。

「二人とも三年生だし、被害届が出ると進路にもちょっと影響するのではありませんか？」

と三年の年配の田原が言った。

「授業もろくに出てないのに、進路も何もないやろ！」と職員室の後ろの方から声がして、皆に失笑が漏れた。すると高橋が立ち上がり、

「私は、今回二人は、悪気があってわざと手を出したとは思えません。二人ともたまたま起こったことだと思います」

と必死になって言った。

「たまたまで血を流されたら、怖くて、教師なんかやってられんなぁ～」

とまた後ろの方で声がして、皆がどっと笑った。

（このままやったらあかん）。高橋は、この場には生徒や学校のことを真剣に考える「人界」や「菩薩界」の生命状態ではなく、何か愚かな「畜生界」や、今までの生徒達の非行行為に対する「修羅界」の生命が漂っている気がしてならなかった。

「ここで被害届が出るとなると、補導歴のある生徒は鑑別所から少年院へ送られる可能性もある。みんな真剣に考えなあかん」

と生徒指導の田所が言った。補導歴というのは橘満夫のことだと、皆分かっていた。満夫のことを

案じての「菩薩界」の言葉のようにも聞こえたが、高橋には何か、今回そういう処置が他の非行を繰り返している連中への、見せしめ的な、何か歯止め的な、「畜生界」的な生命も感じられてならなかった。

「大事な生徒達のこれからのことがかかっています。私はこんな傷なんともないです」

と高橋はやっきになって言った。

「吉岡先生は気の毒やなぁ」

と声がした。吉岡は下を向いて発言はしなかった。

「じゃあ、他に意見がなかったら時間も遅くなってますし、確認したいと思います。学校長の意見に賛成の人は挙手をお願いします」

と意見を聞くのを打ち切るように教頭の百田が言った。

「待って下さい。こんな大事な問題、多数決で決めんといて下さい」

と高橋が言ったが、いつまで待っても決まらんやろと声がして皆が手を挙げた。

「それでは賛成多数ということで、学校長が言われた被害届提出ということでいきたいと思います」

高橋はまったく納得がいかなかった。

二十一時を回って、学校から連絡があって橘満夫の母親、吉乃がやって来た。校長と生徒指導の田所、そして担任の花田から今日の事情を聞き、その結果として被害届を出します、と言う学校長の判

断に、

「分かりました」

と一言だけ吉乃は答えた。隣の部屋から入って来た満夫を一目見た吉乃は、何も言わず部屋中に響くような音を立てて満夫にビンタを見舞った。満夫は何も言わずに左頬を腫らしたまま、うなだれて立っていた。もう一度母子の前で、田所から学校としての判断を伝えた後、

「今日のところは、時間も遅いですので、これでお引き取り下さい」

と担任の花田が二人に促した。

「迷惑をおかけしました」

と吉乃が頭を下げて、押し黙ったままの満夫を連れて指導室を出て行った。


広子の方は、何度母親の携帯に連絡しても繋がらなかった。やむを得ず教頭の百田と田所が広子を家まで連れて帰ることになり、最後にもう一度担任の吉岡が電話をかけると、二十二時過ぎになってやっと母親が出た。事情を説明すると、一時を過ぎなければ帰れない、他の日も忙しくて学校には行けない、どうしても話をしなければならないのなら、この間みたいに夜中の一時過ぎに訪問してもらわなければならない、と言った。その返事を学校長に吉岡が伝えると、

「そんな非常識なことはできない。一体誰がそんなことをしたのか⁉」

と校長は数人の職員に問いかけた。それが聞こえた高橋は、

「あっ、それは私が先日訪問しました」

と答えた。「そんな無茶苦茶な」と三年の大井が呆れて言った。

「高橋先生、そんな先例を作ってしまうと、またそのことを言われたりするので、そんなことをしては困ります」

と教頭の百田が言った。

「すみませんでした」

と高橋は頭を下げるしかなかった。今日のところは百田と田所が広子を送って行く、被害届はやむを得ず提出することなどを電話で吉岡は伝えた。

「学校は何でも警察へ届けるんやな。もううちの娘は連れてこんでもええです」

と一方的に言って広子の母親は電話を切った。「言うだけ言うて電話を切るか、養育放棄や」と職員室で声がしたが、広子を届けないわけにはいかなかった。高橋は憤りの心を抱いたままどうしようもなかった。


一人高橋は家で悶々《もんもん》としていた。「修羅界」や「畜生界」や「地獄界」の苦しみが充満しているような今日一日の思いであった。遅くまで学校に引き留められ、今、誰もいない部屋でポツンとしている広子のことが思いやられた。

高橋は（ええい、また怒られてもええ！　広子のことの方が大事や）と、一時を過ぎた時に、広子の家のチャイムを鳴らしていた。

満夫は家に帰り着くと、母親から事情を聞いた父の隆男が一言、

「自分のしたことは自分で責任を取れ！」

と言った。中学生の自分がどうやって責任を取ったらいいのか分からないで考えていると、母の吉乃が、

「もし少年院か何か行かなあかんことになったら、ちゃんと行ってケジメつけてくることや」

と言った。満夫は少年院とかはどんなところかよく分からなかったが、何故かポタリと涙がこぼれ、畳の上に落ちた。

「あんたは私がどんなつらい思いをして毎日深夜まで働いているか分からへんの⁉」

広子の母親、恵理が叫んでいた。

「お母ちゃん、ごめん！　ほんとにごめん‼」

母親に髪の毛を掴まれて散々ひきずり回された広子が、恵理の前でうずくまって謝っていた。

「もうええわ。あんたがそんなに問題起こすんやったら、どこかの施設に預けたる」

髪の毛から手を離して恵理が吐き捨てるように呟いた。

「お母ちゃん、ほんとにごめん！　もうせえへん！　悪いことせえへんから捨てんといて！」

広子が泣きじゃくっている時、扉のチャイムが鳴った。

「あぁ、一時過ぎてるのに、ほんまに来よったんかぁ⁉」

恵理は担任の吉岡がやって来たと思って扉を開けた。そこには、この場の雰囲気と全くかけ離れた笑顔の、若い高橋が立っていた。

「また、あんたか……」

担任の教師が苦情を言いに来たのかと待ち構えていた恵理の力が、一気に拍子抜けしてしまった。

「すいません。またこんな遅い時間に……。入ってもいいでしょうか」

高橋は部屋の奥で、髪の毛を振り乱しながら泣いている広子を見てびっくりしながら母親に尋ねた。

「そのつもりで来てるんやろが」

と言って恵理は高橋を中へ通した。

高橋は学校であったことを話した。特に広子がわざと暴力をふるって吉岡に怪我をさせたのではなく、偶然の事故のようなものであり、今回被害届は出るものの、そのことはしっかり警察に伝えるつもりだ、と高橋が強く言ったので、恵理の態度がガラッと変わった。

「まぁ先生、こんな深夜に二度にわたってわざわざ事情を伝えに来てくれて……」

広子はひりひりする頭を押さえながら、愛想笑いまでする恵理を呆気にとられて見ていた。

「とにかくお母さん、大事な娘さんのことですので、どうか時間を作って一度学校へ出向いて下さい」

必死で頼む高橋に、

「あんた、母一人子一人で生活していくのがどれほど大変か分からへんやろ」

広子は、この間母が若い男の人と歩いていたのを見たと百合が言ったのを思い出していた。

「私はあんたを信用するから、広子のことは任せるわ。学校と高橋先生の思うように処置して下さい」

高橋はもうこれ以上言っても無駄だということがよく分かった。それよりもまた深夜に、担任でもない自分が勝手に広子の家に訪問し、話をつけてきたと報告するのが辛かった。

しかし、広子のことが大事だ、ええい！　どんな思いをしても殺されることはないやろ！　と心に決めて広子の家を後にしたのだった。

しかし今日は、なんと長い一日だったことか。瞬間瞬間、目まぐるしく変転する命の不思議さを思いながら、高橋は夜道を歩いていた。

五

数週間後、橘満夫と可能広子は家庭裁判所での審判により、橘は少年院送致、可能は保護観察という処分が下った。

学校は相変わらず、授業をエスケープする生徒や無気力な生徒は減らなかったが、教師に対しての暴力暴言の数はぐんと減っていった。学校長や田所達は、今回の処置は一定の効果があったと思っていた。

「高橋先生、何で橘君は少年院なんかに行かなあかんことになったんですか⁉」

高橋のクラスの木崎智子が、生徒の多くの者が思っていたことを思い切って代弁して聞いてきた。

「それは今回被害届が出たことがきっかけやけど、それまでに橘は警察に補導されたことが何回かあったからかなぁ」

高橋は、一人の生徒に対しても大人と同様、誠心誠意接しよう、何でも答えていこうという態度で話していた。

「そんなん、高橋先生自身が、今回の件は、橘君達はわざと暴力をふるったんじゃなくて偶然の出来事で、と言ってられたんじゃないですか。なのにどうして被害届なんか出したんですか⁉」

高橋は詰め寄られて、答えに詰まってしまった。自分は反対したが、学校が無理矢理提出することにした、とは責任転嫁のようで言えなかった。

「先生は他の先生とちょっと違うと思っていたけど、やっぱり同じやったんやな」

と学級代表の横田が言った。

高橋は、最近自分に対して生徒達の態度が急によそよそしくなったのは、みんながそんな風に思っているのかと思って愕然とした。


広子は保護観察ということで、普通に登校できるようになった。ただ保護士という人が付いて、月に一度、面会指導を受けなければならなかった。ただ、広子の母親、恵理は、そういう処置になったことに対して、高橋に感謝していた。警察への報告も突発的に起こった事故のように報告してくれたと思っていた。

広子の母親が学校に対して何の苦情も言ってこなかったためか、広子の担任でもないのに、高橋がまた深夜に訪問して母親と話をつけてきたことに関しては、あれほど高橋が心配していたのに、不思議と校長や周りの教師達は苦情を言わなかった。


広子は学校を休みがちになった。たまに登校しても、今まで一緒にいた連中とはあまり一緒にならず、非常階段や校舎の裏で一人何か本を読んでいることが多かった。何の本を読んでいるのか、人が近づくとすぐ本を閉じてしまうので、よく分からなかった。

満夫は入所してすぐ、今まで茶髪の長髪であったが、すぐに丸刈りにした。別に規則でそう定められているわけではないのだが、自分で進んでそうしたのかどうかは分からなかった。

智子は一日も早く満夫が少年院から出られるように、自分達で何かできないかと真剣に考えていた。いろいろ考えた末に、校長先生に宛てて嘆願書を提出しようと決めた。

「橘君が一日も早く少年院を出て学校に戻れるように」と、賛同する生徒全員の署名を集めて校長先生に提出しようと決めた。

吉井校長先生

橘君が今回、先生達にとった行為は決してよくなかったと思います。ただ彼自身悪意があっての行動ではなく、その現場にいた高橋先生が言われた如く、一瞬の偶発的な行動による事故であった面も多いと思います。

本人も深く反省し、今真面目に反省の行動をとっていると聞いています。どうか一日も早く中学校生活に戻れるよう、我々生徒一同は深く深く願っています。どうかこの生徒達の思いを汲み取っていただいて、校長先生も行動をとっていただけることを強く強く願うものです。

どうぞ宜しくお願い致します。

十二月一日

三年四組　木崎智子

木崎はこの提案を、まず同じクラスの学級代表の横田に話した。横田は手を打ってすぐに同意して、手分けして仲のいい者から当たって協力を促していった。

その時、木崎と共に一番気をつけたことは、署名の依頼は授業中は絶対に行わない、校長先生や他の先生達にも真剣な行動だと認めてもらえるように努力するという点であった。

木崎はクラスの皆にはもちろん、広子、百合、比奈達や、やんちゃな連中にも当たっていった。彼らの賛同は早かった。

「こんなんやったらなんぼでも協力したる。うちらにまかしとき！　学校中、一年も二年も回って全員の署名を集めたるで‼」

と百合は言った。智子は嬉しい反面、あまり彼女達の行動が目立って、逆効果になってもいけない、また、ここは当該学年の三年生だけに留めておこうと思った。真面目で真剣な智子の説得に百合達も納得した。

一方男子も、満夫を慕っている者が多く、署名はどんどん集まっていった。タカシや好太、吉雄達の男連中は、署名を進めるだけではあかん、自分達の真剣な態度も見せなくてはと、なんと三年になって一度もまともに授業など受けたことのなかった連中が、とにかく五十分間、他の生徒の邪魔をせずに自分の席に座っている姿が見られたのだった。

「またタカシや好太が席に座っておった。授業がやりにくくてしゃあない」

と三年の大井が職員室でもらしていた。教師の間でも一体何事が起ったのかと、戸惑っていた。


智子や横田達が中心になって、ほぼ三年生全員の署名を集めた嘆願書が校長の吉井に手渡されたのは、満夫が少年院に入ってから五日が経った頃のことだった。

吉井や百田や職員達は驚いた。智子や横田は分かるとしても、百合や比奈、好太やタカシまでも含めた十数人の三年生がいきなり校長室に押し寄せた時は、またどんなもめごとが起きたのかと、全職員が騒然となった。高橋もびっくりしてタカシ達の腕を掴んで止めようとしたが、

「違うんや先生、もめごとと違う。俺達の嘆願書を受け取ってくれ」

とタカシは掴んだ高橋の手を静かに押さえて言った。

「タンガンショ⁉」

最初、高橋は何のことを言っているのかさっぱり分からなかった。智子が落ち着いた声で、

「校長先生、私達三年生なりに真剣に橘君のために何ができるのか考えました。その結果、ほぼ三年

生全員にあたる一七四名の署名を記した嘆願書を作成しました。どうか受け取って下さい」

「タンガンショ⁉」

今度は吉井と百田が声を揃えて繰り返した。読み終えた吉井は、深くため息を一つついた後、

「分かりました。受け取っておきます。どうなるかは分かりませんが、とにかく教育委員会と調査官には見せるようにしましょう」

と智子の方を向いて静かに答えた。

「どうなるか分からんて、どういうこっちゃ⁉」

とタカシが大きな声を出した。職員一同が色めきたったが、

「小田君！」

とみんながびっくりするような大きな声で智子が叫んだ。智子に睨まれてタカシは、

「分かった」

と言っておとなしくなった。

「分かりました。よろしくお願いします」

と智子は頭を下げた。横田も頭を下げたが、智子の迫力に圧倒されて、タカシや百合達も全員頭を下げた。普段静かな智子がこんな気魄を見せたのは初めてだった。

今の智子にとっては、満夫を早く助けたい！　それが全てであった。特に今まで満夫のことを意識したことなど全くなかった。ただ人の役に立ちたい！　その「菩薩界」の一心が、崇高なまでに智子

を強くしていた。

一週間経ってしまった。満夫が少年院入所と決まったその日から、高橋は一日でも早く面会に行きたかった。ただ生徒指導の係でもなく担任でもない高橋にとって、あまり出過ぎた真似をすることはできなかった。

入所して六日後に、生徒指導の田所と担任の花田が満夫に面会に行った。

花田の感想は、見違えるような満夫の礼儀正しさにびっくりしたということだった。ただ顔色が少し青白かったと言っていた。高橋はすごく心配した。気性は荒かったが、元気一杯だった満夫が青白くやつれている……というのが心配でならなかった。

(よし一週間待ったんだ。もういいだろう。今日は満夫の面会に少年院に行こう)と、高橋は放課後の仕事をてきぱきと済ませた。

高橋は同じ学年の吉岡に一言知らせておこうと思って吉岡に近づいていった。職員室の自分の席で何か資料を見ていた吉岡に声をかけようと思った瞬間、吉岡がフッと顔をこちらに向けた。高橋を見た瞬間、何か頬に朱が走ったような気がした。

「吉岡先生」

「高橋先生」

全く同時に声をかけ合った。

「あっ、何でしょうか?」

と高橋は少しはにかんで言った。

「いえ、高橋先生こそ何ですか」

いつになく声の響きが何か優しいように高橋には聞こえた。

「いえ、僕のはいいんです。吉岡先生こそ何ですか」

何故その時そんな風に言ってしまったのか、高橋は後から考えても不思議であった。

「いえ、もしこの後少し時間があったら、お話を聞いてもらえないかな、と思って……」

終わりの方の言葉は、ほとんど聞き取れないほど小さな声になっていた。普段活発な吉岡に慣れていたので、何か戸惑ってしまった。

「あっ、別にいいですが」

これまた満夫の面会に行こうと、あれほど気持ちをふくらませていたのが、まるで嘘のようにこんな返事をしている自分に、(おい、どうしたんだ)と、高橋自身も少し驚いてしまった。

面会に行って少しでも満夫の心の負担を軽くすることができれば、などと思っていた「菩薩界」が瞬間に吹き飛んでしまって、初めてと言っていいほど、若い吉岡に声をかけられて喜んでいる「天界」の一青年がそこにいた。

「ここのラーメンとても美味しいんですよ」

と言いながら吉岡は、高橋に豚骨ラーメンを勧めた。

「へぇーっ、吉岡先生が帰りにこういう店によく寄ってるなんて全然知らなかったなぁ」

と言いながら、高橋も美味しそうにスープをすすっていた。

「実は私、最近少し気持ちが弱くなってきて……。いつも前向きな高橋先生が羨ましいな、と思ってるんです」

麺を頬張りながら、あまり高橋の方を見ずに吉岡は言った。毎日の生徒との対応に必死で、あまりゆとりのなかった高橋は、初めて一人の若い女性としての存在に気付いたように吉岡の言葉を聞いていた。

「いえいえ、僕の方こそ、吉岡先生はいつも元気一杯だなぁ、と感心してるんですよ」

本心であった。

「そんなことないです」

少し気弱な面を初めて見せる吉岡に、通は素直な睫毛《まつげ》の長い女性だなぁと感じていた。

駅で別れる時に吉岡は、

「今日はありがとうございました。何か愚痴を聞いてもらって、少し気が楽になりました。また、たまに愚痴を聞いてもらうことができますか」

とじっと高橋を見つめて言った。

「こんな僕で良かったら、いつでもどうぞ」

と高橋は、髪の毛も長くて素敵だと思いながら言っていた。

「じゃあ」

と言って吉岡は駅の階段を上がっていった。高橋は自転車のペダルを踏みながら、今まで感じたことのない爽快感に浸っていた。

ただその時、フッと心の底で何かが動いたような気がしたが、何だろう、とあまり気にも留めない自分がいた。


智子と横田が嘆願書を校長に手渡してから三日後に、もう一度どうなったかを聞きに校長室を訪ねると、校長は教育委員会に出かけていて不在であった。そのことを彼らに告げた教頭の百田の様子が、何か落ち着かない様子だったので、智子は不安を感じた。

(橘君、何もなければいいんだけれど……)

その日夜七時を回って吉井は学校に戻って来た。すぐに教頭の百田と生徒指導の田所と三年学年主任の大井と橘の担任の花田が呼ばれて校長室に入って行った。

その時高橋は、職員室の自分の席で明日の授業の準備をしながら、花田先生達も大変だなぁ……などと考えていた。

六

橘満夫は「死んで」いた。

満夫は少年院に入ることが決まった時、父親に言われた言葉を考えていた。

「自分のしたことは自分で責任を取れ！」

どうやって責任を取ったらいいのか……、散々悩んだ末に満夫が出した結論は、

（よし、今回こう決まった以上仕方がない。入所している間は、どんなことがあっても耐え抜き、退所したら生まれ変わって親孝行しよう）だった。

肚《はら》が決まると満夫は少し気が楽になった。入所した初日、係官の人に頼んで丸刈りにしてもらった。

朝は五時起床、消灯は二十二時であった。最初は朝起きるのが辛かったがすぐに慣れた。

ラジオ体操をして朝食を食べる。あまり味のしない食事であったが、決意して入所した満夫にとっては耐えられることだった。

午前中は基礎勉強や読書。午後は畑作業や簡単な身体を動かすスポーツなどの時間があった。

二日目に、母の吉乃が面会にやって来た。吉乃は、気性が荒く問題ばかり起こしていた末っ子の満

夫のことが心配でならなかった。しかしこちらが気弱だと満夫も更に不安になるだろうと思い、気丈に接するつもりでいた。しかし面会室に現れた坊主頭の息子を見ると、思わず涙ぐんでしまった。

「母さん心配かけてごめん。俺は大丈夫や。朝の五時起きは最初はきつかったけど、何とか頑張って起きているよ」

満夫はニッコリ笑って、心配をかけまいと明るく話していった。母は、そうか、そうかと言って、ただ満夫が話すのをじっと聞いていた。

「何か困っていることはないか」

と聞く吉乃に、

「大丈夫や。今まで心配かけてごめん。ここ出たら、真面目になってもう迷惑かけんようにするからなぁ」

と答える満夫。何か息子の方が母を労わっているように見えた。吉乃はホッとした。これなら大丈夫や。何か人が変わったみたいやなぁと感心していた。

満夫の「人界」や「菩薩界」の優しい生命に触れて、吉乃も今まで感じたことのない穏やかな気持ちになって少年院を後にしていた。

三日目ぐらいから、自分を注視している者が二、三人いることに気付いた。年齢は自分と同じか少し年上くらいか。

四日目の午後、ナス畑の作業で雑草を抜いている時、満夫より少し背は低いが目付きのきつい高田卓也という少年が寄ってきて、夕食の後、自分の部屋に戻る時にトイレに立ち寄れと言ってきた。離れていく卓也を見ていると、遠くで作業をしている剛田蓮と九十九《つくも》亘《わたる》の方に寄っていくのが見えた。

（新参者の俺に挨拶をしてくれるのか。構わない。殴られても痛みで気絶しても絶対俺の方から手は出さないぞ）

満夫は前に、尊と吉雄が他校生にからまれた時に手を出さずにボコボコにされたことを思い出していた。今度も（俺の心よ、折れずに俺を支えてくれ！）と自分に声をかけていた。少年院に入って更に、自分の内面を見つめるようになってきている自分に気付いた。

「この傾向は、何かあの調子の狂う高橋の影響かもしれへんなぁ」

と、満夫は夕食の味の薄いカレーを食べながら、考えていた。

食事をしながら、何か考えごとをしているようにぼんやりしている満夫の方を見ながら、卓也達はニヤけた笑いを浮かべていた。

卓也にトイレの個室に入るように言われ、満夫は入った。するといきなり口にぞうきんを詰め込まれ、両腕を卓也と蓮に抱えこまれた。

「おい、ズボンを脱がせ」

と亘が指示した。尻の穴にバターをたっぷり塗られた。

満夫は渾身の力で暴れまくったが、力が段々抜けていった……。

どれだけ殴られても、腕の一本や足の一本折られても我慢するつもりでいた。しかし……。亘と蓮と卓也がトイレから出て行った後、個室の中でへたり込んで小刻みに身体を震わせている満夫がそこにいた。

その翌日、田所と花田が面会に来た。平静を装う満夫に対し、田所も花田も、ただ礼儀正しい満夫に驚いていた。満夫のしゃべり方が、何か上の空のようにも感じたが、これも少年院という環境のせいだろうと、田所は、あまり気にしないようにしようと思った。

入所して七日目の夕食の後、トイレの個室から出ようとした満夫は、後ろから何かで思い切り後頭部を殴られた。フラッとした瞬間に、口にぞうきんを詰め込まれ、足払いをかけられて床に倒された。うつ伏せになった満夫の上に蓮が馬乗りになり、身体を前に倒しながら満夫の左腕をとって固めた。右腕を固めようと卓也が満夫の右手を捕まえた時、満夫は卓也の左手の親指に触れ、思い切り逆に押し込んだ。ミシッと音を立てて親指が逆に折れ曲がったが、

「うぅっ」

と呻《うめ》いただけで卓也は声を押し殺した。ここで声をあげて係官に見つかったら、身長一九〇センチ

メートルを超える亘に後でどれだけひどい仕打ちをされるか分かっていたからだ。

ズボンを脱がされながら、満夫の「畜生界」は、身体を押さえつけられながらも、

（殺してやる！　俺をこんな目に遭わせた奴らを絶対に殺してやる‼）

と暴れ回った。卓也と蓮の「畜生界」は、獲物を押さえつけた快感と、下で暴れまくっている満夫を逃がしてしまえば、きっと亘から半殺しの目に遭わされる恐怖心とで必死になっていた。更に指を折られた卓也は、その激痛に耐えかねて「地獄界」そのものであった。満夫の身体の上にのしかかった亘は、己の欲望を満たすためだけの「餓鬼界」「畜生界」の獣と化していた。


前回同様、今回もトイレで激しい物音がしていたのに、教官達はやって来なかった。あるいは気付いていても、知らぬふりをした「畜生界」に支配されていたのかもしれなかった。


満夫は打ちのめされてしまっていた。一度ならず二度までも……。復讐の鬼の炎というより、今は絶望感に苛まれていた。

ここ数か月、ようやく満夫の心に灯《とも》りかかっていた温かい火が、今、フッと消えてしまった。

翌八日目、満夫は発熱して寝床に横たわっていた。ウトウトすると、しきりにうなされ、剛毅な父の隆男が夢に出てきた。

父は何も言わなかった。ただじっと満夫の方を見ていた……。

夜中にガバッと身を起こした満夫は全身汗だくになっていた。頭がズキズキして痛い。

満夫の父、隆男は、若い時大阪のある地域の暴走族の長だったことがあると、母の吉乃から一度だけ聞いたことがあった。

何十人ものメンバーのトップで暴れ回っていたが、小学校の同窓会に出た時に、幼馴染みの吉乃と再会した。

吉乃にとっての隆男は小さい頃からとても優しくて、暴走族のトップになっていることなどとても信じられなかった。隆男は美しく成長した吉乃に一目で惚れてしまい恋に落ちた。そして、吉乃の願いですぐに暴走族から足を洗ったとのことだった。

その気性の激しい父親が今回の満夫のことを知ったらどう思うだろう。

満夫は剛毅な父のことを幼い時から誇りに思ってきた。幼い頃、父と出かける時は、父の右手には二つ違いの兄の宏児がぶら下がり、左手には一歳上の次男の光がつかまり、末っ子の満夫はひょいと肩車されていた。宏児と光を下に見、父に担がれ風に吹かれながら歩いている時は、満夫にとって最高に幸せなひと時だった。

父が今回、卓也達が満夫にとった仕打ちのことを知ったら、彼らをぶち殺してしまうかもしれなかった。父を犯罪者にしてしまうことは満夫にとっては耐えきれなかった。熱にうなされ、朦朧《もうろう》とした頭で満夫は悩み続けた。

（お前自身が亘と蓮と卓也を半殺しの目に遭わせてしまえ！）

と満夫の「畜生界」が囁いた。

（そんなことをしたら、少年院から更に罪の重い刑務所に入れられて、母の吉乃を悲しませてしまうぞ！）

と「人界」が応えた。

（係官に、あったことを全て話して処置を申し出ろ！）

と「声聞界」が勧めた。

（そうしたら父が卓也らのことを知って、ただでは済まさず、迷惑がかかってしまう）

と「菩薩界」が応えた。

（このまま誰にも話さず我慢して退所するまで待ち続けるか）

と「人界」が満夫に問いかけた。

（それはできない！）

朦朧とする意識の中で満夫の「修羅界」と「人界」が同時に声を挙げた。

（あの九十九にも愛する親がいるはず……）

と「菩薩界」が囁きかけたが、

（地獄に落ちろ！）

と「修羅界」が叫んだ。

少年院の灰色にすすけた壁に、十二月初旬の冷たい風がビューービュー吹き渡っていた。

黄色や赤に色づいた落ち葉が路面に舞っていた。

壁の中では、ベッドの上に身を起こした満夫が、額に玉となった脂汗を流しながら呻いていた。

（母さん……僕が小学二年生の冬、ストーブの上のやかんをひっくり返して右足の甲に大やけどを負った時、水ぶくれで腫れあがった足で歩けない僕を、毎日背中におぶって学校まで送り迎えしてくれたね。やんちゃだった僕はクラスのみんなに冷やかされて、ほんとに恥ずかしかったんだけど、母さんはそんな連中には見向きもしないで、毎日毎日通ってくれた。あの時の母さんは世界中で一番強い人のようだった）

絶望の心の中で満夫の心に、母・吉乃の顔が浮かんだ。

「ウォーッ！」

と押し殺した獣のような呻き声が漏れた。こんなにも自分のことを苦しめる亘達のことを憎んで身悶えした。

「殺してやる！　絶対殺してやる！」

怒りに燃える目をして満夫は叫んだ。

（ダメだ！　そんなことをしたらダメだ！）と心の中でも叫んでいた。満夫はベッドから落ちて床の上を転げ回った。

外は風がビューービューーと鳴っていた。満夫は無意識のうちに上の長袖のシャツを脱いだ。ベッドの柵にシャツの袖を縛りつけた。そしてもう一方の袖を自分の首に回していった……。

朝六時になっても満夫が自分の部屋から出て来ないので、教官が部屋の扉を開けると、ベッドの柵の所に座った状態でシャツの袖を自分の首にくくりつけ、思い切り両手で引っ張って首を絞めて意識不明となっている状態の満夫を見つけて、教官は驚いて泡を吹いてしまった。

見つけた時はすでに呼吸をしていなかった。連絡を受けた別の係官がすぐに救急車を手配し、満夫は救急病院に搬送された。救急隊員が駆け付けた時は、呼吸をしていなかったので、その場ですぐに救命措置を行った後、搬送されたのだった。

救急車の中で隊員による心臓マッサージや、酸素供給装置によって満夫の口へ酸素が送り込まれた。

満夫は仮死状態であった。少年院の教官達も慌てた。ここ何年もこんな事故が起こったことはなかったからだ。


満夫の両親に事態が知らされたのは、病院に搬送されてから一時間が経っていた。

吉乃は満夫が病院にいると聞くと、隆男に告げた後、すぐに家を飛び出した。手には財布だけを掴んでいた。

タクシーを飛び降りて病室へ吉乃が駆け付けた時、満夫は意識がなく、弱い脈と酸素マスクをつけた状態の中で、か細い呼吸だけしていた。

満夫を見た吉乃は半狂乱になって叫んで暴れたので、二人の職員に両腕を抱えられてすぐに病室から出されてしまった。

十分後に隆男が病院に着いた。隆男は冷静であった。満夫がいる部屋から少し離れた待合室にいた吉乃と教官達を見ると、「一体何があったのか話してくれ」と静かな声で言った。

声を押し殺している隆男の形相を見て、ぞっとしながらも、最初に満夫を発見した高木という教官が、その時のことを二人に話し出した。


午後になって、少年院の所長から校長の吉井に電話があった。連絡を受けた吉井は驚いて受話器を落としてしまった。

落ちた受話器を拾い上げながら、（あぁ、不祥事が起きてしまった。これで自分の首が飛ぶかもしれない……）という意識が吉井の頭の中に浮かんだ。

吉井はとりあえず今すぐ教育委員会に寄った後、少年院に向かうことにした。教頭の百田には、「向こうで大変なことが起こったらしい、詳しい内容については、帰ってから話をする」と言って出かけて行った。「それは大変ですね」と心配顔で言った百田であったが、その心の中は……。

その時、三年生の智子達が校長先生に会いたいと言ってやって来たが、今は不在であると伝えられた。

吉井が十九時を回って帰って来て、田所や花田達が校長室に入ってから二時間が過ぎた。時計は二十一時を回っていたが、何か不安を覚えて、高橋は自分の仕事を終えても花田達が出てくるのを待っていた。

吉岡先生は今頃何をしているかなぁ、などとチラッと思った時に校長室の扉が開いた。

一番後ろから出てきた花田は、ドカッと自分の席に座り込んで、両手で顔を覆ったままピクリとも動こうとしない。その瞬間、通は何とも言えない悪寒が、自分の背筋を電撃のように走るのを感じた。

通の目は宙をさまよって職員室を見回した。田所の目と合った。田所は一言、

「満夫は死にかけている……危篤状態や……」

と言った。

通は頭から冷水をぶっかけられたように、ブルッと全身を震わせ、目が覚めた。

(何が吉岡先生は今頃何をしているかな……だ！

甘ったれたことを言っていると一生後悔するぞ！)

……いや、もう後悔しても悔やみ切れないような気がしていた。

吉井に満夫が入院している病院を聞くと、通は脱兎の如く駆け出した。防寒着も何も着ていなかった。校舎の階段を下り、校門を出、タクシーが通っている大通りまで全力で走った。

涙はとめどもなく溢れ出し、頬を伝って、走る通の後ろへ飛び散っていった。

(許してくれ満夫！　許してくれ満夫！

すぐに飛んで会いに行かなかった俺をどうか許してくれ！　満夫！）

通は子供のように泣きじゃくっていた。

第二部

一

四年が経過した。

満夫の事件が起こって三か月くらいは、学校に新聞社やテレビなどのマスコミ関係者が出入りし、騒然となって、学校としての機能がなかなか果たせなかった。

校長の吉井は対応に追われ、半月も経たないうちに心労から体調を崩し、そのまま依願退職してしまった。

満夫の行為は自殺の態を成していたが、他からの被害はなかったのか、警察によって慎重な捜査がなされた。当時の少年院入所者の卓也や亘ら、全員に聞き取りが行われ、教官達も調べられたが、教官達の返事……特に変わった様子は見られなかった、橘満夫は入所して、二、三日目から元気がなく何か悩んでいた様子だった……という教官達複数の証言により、「入所したことを苦に病み、絶望して自殺行為を図った」という結論が出されてしまった。

母親の吉乃も翌日より体調を崩し二週間ほど寝込んだが、何とか持ち直した。満夫の二人の兄と父の隆男は、警察の報告を受けると、「納得がいかない！」と押し殺した声で一言発した。その時の隆男の形相が忘れられないと、当時の捜査官は一言漏らした。

ただ満夫は仮死状態ではあったが一命はとりとめていた。この四年間意識不明の状態で、家から三十キロメートル離れた総合病院の一室で横たわっているのであった。

当時一番被害を受けたのは、智子や横田ら、満夫と同じ三年の受験生達だった。学校が騒然としてなかなか落ち着いて授業が受けられず、また吉岡達教師の中にも、体調を崩して学校を休む者も出た。

高橋は翌日から休まず学校に出ていた。ただ満夫のことがあって以来、人が変わったようになってしまっていた。授業やその他学校の仕事はきちんとこなしていた。ただ笑顔が消えてしまっていた。授業に入らずエスケープしていた連中も、ほとんど私学や専門学校に進学していった。ただ広子は卒業すると、家からかなり離れたコンビニエンスストアで働き出し、一年すると貯めたお金で家を出て安いアパートを借り、自炊生活を始めた。

当時三年生だった受験生達も何とか志望校に合格していたが、異色だったのは、学年でもトップクラスの成績で優秀な進学校を希望していた智子が、急に進路変更して、公立の看護学校を受験したことだった。智子の両親も戸惑い、何故急に進路を変えたのか智子に聞くと、ただ看護師の道に進みたいとだけ答えるのであった。

少年院で一番詳しく事情聴取を受けたのは高田卓也であった。転倒して左手の親指を骨折したと言っていたが、どこか不自然なところがあって、最後まで聴取が長引いた。ただ結局何の証拠も出ず、医療鑑別所での治療が二か月かかり、満夫の事件が起こってから三か月後に少年院を退所していった。

当時満夫と同じ中学三年生だった卓也は、卒業しても進学せずぶらぶらしていたが、半年後、家の近くの金型の工場でアルバイトとして働き出した。

時々休んだりはするものの、卓也にとっては珍しく、アルバイトは二年間続いていた。

三年目のある日、工場長に声をかけられた。

「卓也、今日からお前と同じアルバイトとして働くようになった神田君だ。歳はお前より一つ上だが、ここではお前の方が先輩だ。仕事の要領を教えてやってくれ」

「神田光士です、よろしく」

工場長に紹介された神田という青年が卓也に挨拶した。背は卓也より少し低かったが、切れ長の目が印象的な神田を見た時、卓也は、あれ、どこか見覚えのある顔だなとふと思った。

その日以来、仕事の時はもちろん、仕事が終わってからもよく二人一緒にいる姿が見られた。

(光士と一緒にいると楽しいな。俺に連れができるなんてほんとに不思議だ……)

と卓也の「人界」が囁いていた。

「おい光士、今日仕事が終わったら飲みに行こうぜ」

「あぁ、いいよ」

卓也はまだ十八歳を超えたばかりで、光士も二十歳にはまだ八か月足りていなかったが、二人共若い頃から飲酒の経験を積んでいて、かなり飲めるようになっていた。

「俺はあの白井っていう工場長が気に食わねぇ。アルバイトだと思って俺のことをいつもバカにしている。おい光士、お前はそうは思わないか？」

だいぶ酒に酔って、どんよりとした眼で卓也は光士に問いかけた。

「別に俺はそうは思わないが、お前がそう言うならそうかもしれんなぁ」

光士は何本飲んだか分からないビールを飲み続けていた。

「今度俺をバカにしてきたら二度と俺にそんな口が利けねぇようにしてやろうと思うんだが、光士、俺を手伝ってくれねぇか？」

卓也の鈍い眼がまたどんよりと光士の顔の上で止まった。光士の眼が一瞬光ったような気がした。

(俺は随分長い間この時を待っていた。

親父から言われて満夫が病院に運ばれた翌日から、少年院の門のところに張り付いた。

いくら問い合わせても、外部の者に、入所者のことなど何一つ教えてもらえなかったからだ。

そしてとうとう三か月目に退所する卓也を見つけた。そして奴の家も突き止めた。

時間をかけ何日も何日も、少年院の時と同じように張り付いた。奴が通う職場、コンビニ、ゲームセンター、映画館……。

一つ一つ親父に報告した。そして計画を練った。

三年目にしてやっと、奴がアルバイトとして勤める工場に、名前を変えて、同じくアルバイトとして潜り込むことができた。

そしてひたすら毎日毎日、奴と少しでも知り合いになれるきっかけを探り続けた。

幸いにも歳が近かったので、すぐに一緒に行動をとることができた。

そして一瞬一瞬、奴と少しでも仲良くなれるように全精力を注ぎ込んだ。

そしてあの日から四年過ぎた今日、やっとそのチャンスが掴めたのだ……）


「お前、少年院で満夫を襲った時も、そうやって仲間とつるんでやったんか？」

最初、卓也は何のことを言われているのか、全く分からなかった。

しかし光士の顔を見ていると、瓜二つの満夫の顔を思い出して身震いした。

卓也の「畜生界」の「人界」は、一瞬のうちに、亘らと三人で満夫を襲った時のシーンを思い出し、警察に取り調べられたこと、退所した後、ぶらぶらしてなかなか職が決まらなかったこと、やっとこの金型工場のアルバイトで雇われたこと、何も長続きしなかった自分が不思議と三年も勤められていること、そしてある日工場長に呼ばれ、光士を紹介された時、誰かに似ていると思ったことが、一瞬のうちに頭の中でグルグル回転した。

（そうか、あの時誰かに似ていると思ったのは、満夫のことだったんだ！）

卓也の中の「畜生界」が何故か一瞬のうちに怯《おび》えを感じ、持っていたコップを光士に投げつけて店を飛び出した。

投げられたコップが顔面に当たって鼻から血が噴き出した光士だが、光士の「修羅界」は、臆することなく、やっと見つけた獲物を襲う猛獣と化して卓也の後を追いかけた。

暗い路地に逃げ込んだ卓也を、体格は小さい光士であったが、命の上では逆転して、狼を追い詰めた獅子のように、首根っこを捕まえてねじ伏せた。

「おい！　全てのことを白状しないとひねりつぶすぞ！」

阿修羅に捕まえられたカエルのようになって、卓也はぶるぶると震えていた。

二

満夫が入院している病室に、いつ頃からか可憐な花が活けられるようになった。

そしてそれはどうやら毎月初め、五日に取り替えられているようだった。

というのは、満夫の両親や医師や看護師も、長い間、一体誰が花を活けているのか分からなかったからである。時々見舞いにやって来る、満夫と同学年のやんちゃな男連中には想像ができないし、たまに花束を持ってくる同級生や知り合いはいても、毎回その花は、決まって部屋の奥の窓際にそっと目立たぬように活けてあったからだ。

気になった両親は長男の宏児に言いつけて、何日間かずっと満夫の病室に泊まらせた。

ある日病室の電気を消して、片隅でウトウトしていた宏児は、夜中に扉を開け懐中電灯をつけながら病室に入ってくる人影を見た。その人影は宏児に気付かずに窓際の花に近寄り、懐中電灯を窓のへりに置いて花瓶代わりの牛乳びんに手を触れた。その瞬間パッと宏児は電気を点《つ》けた。

「あっ!」

と驚いてその人影は牛乳びんを手から取り落として割ってしまった。

宏児が声を押し殺して「誰だ?」と聞くと、

「可能広子と言います」

とその人影は名乗った。

満夫が少年院で自殺を図ったらしい、という話はすぐに学校に広まった。最初は死んでしまったという噂が流れ、広子は暴れまくった。

取材に訪れたテレビや新聞のメディアに対して、校門のところで押し返したり物を投げつけたりして、やんちゃな男連中と共に、余計に混乱を引き起こしていた。

ところがある日、智子や横田が話している内容が聞こえた。それによると、どうやら意識不明の状態ではあるが、満夫はある病院に入院しているということであった。

それを聞いた広子の荒れは治まった。智子にもう一度それを聞くと、本当のことらしい。

満夫の家からは少し離れた病院ではあるが、設備が整っているということであった。満夫はその病院の一室で、命は取りとめたが、意識は戻らず、ずっと眠り続けているという。

「生きていてくれさえすれば、それでいい！」

広子の顔がパッと明るくなった。何か今までの人生で感じたことのない充足感が、広子の「人界」から「天界」へと広がっていった。

その日から、人が変わったように真面目に広子は学校に通い出した。何一つ母の言うことに逆らわなくなった。深夜に帰ってくる母親のために、晩御飯を作って用意していることさえあった。

あまりの娘の変わり様に、最初は驚いていた母親の恵理であったが、その状態がずっと続いたので、とても喜んだ。

　卒業後の進路を決めなければならない時、恵理は広子の状態を見て、進学してもいいよと娘に告げた。広子は穏やかな笑みを浮かべて、

「ううん、うち働くわ。最初はちゃんとした仕事はなかなかないと思うけど、アルバイトでも何でもする」

　恵理は驚いたが、言っても聞く子じゃないので、分かった、と任せていた。


　卒業すると同時に、広子は家からかなり離れているあるコンビニエンスストアのアルバイトとして働くことになった。家からは遠すぎるので、最初恵理は反対していたが、広子が遅刻もせず休まずに通い続けるので、しまいには何も言わなくなった。

ただ一年経ったある日、お金を貯めた広子が、家を出て一人で住みたいと言った時は猛反対した。

「十六歳になったばかりの子供のあんたに何ができるの？　絶対にダメ！」

　広子はあらたまって恵理の正面にきちんと座り直した。

「お母さん、今まで無茶苦茶やってきた私なのに、ここまで育ててくれて本当にありがとう。お母さん、まだまだ若くて魅力的なんだから、もし好きな人がいたら一緒になってくれていいよ。ただ私も何もできないかもしれないけど、一人で生活して頑張ってみたいんです。どうか最大の我儘を許して下さい」

と広子は畳に額を擦りつけて、上げようとはしなかった。恵理は呆れ果てたが、我が娘が自分と同じような頑固者に育ち、こんな言葉が言えるほどになったのかと、広子に見られないように顔を背けた。涙が流れ落ちて仕方がなかった。

広子が家から離れて遠い場所で働き出したのは、そのコンビニエンスストアの向かいの道路一つ隔てた目の前に、満夫の入院している病院があったからである。

そして満夫が自殺を図って死んだと聞かされた絶望の日、そして後で、実は生きていると知った希望の日の五日に、毎月、深夜に病院を訪れ、人知れずそっと花を活け替えていたのである。

宏児に見つかった広子は、詳しいことは言わなかったが、自分は中学時代の橘君の知り合いで、満夫君には恩があり、せめて少しでもそのお返しになればと思い、花を活けにきている、後生だから誰にも言わないでほしいと頼んだ。

広子の、宏児の眼をまっすぐに見てきちんと話す態度に、宏児の「人界」の「菩薩界」が、同じく広子の「人界」の「菩薩界」に触れて、

「分かった」

と宏児は呟いた。

（さぁ、あのごまかしの利かないオヤジにどう言おうか……）と宏児の内心はひどく動揺していたが、何かそんな苦しい命も吹き飛ばしてしまうような、大きな清らかな花の「菩薩界」に包まれたような

爽快感を、広子との出会いに一瞬で感じた。

よし、満夫から受けた恩を大切にしてくれているこの女性の一途な願いのためにも一努力してみようかという、爽快な「菩薩界」の命が湧いてきて、不思議な気持ちに満たされていくのであった。

「……当時、橘が少年院に入って来た時、俺は剛田と九十九という奴と仲良くなっていた。

俺達三人は同じ歳で、あまり詳しくは知らないが、九十九は少年に暴行を加えた理由で、剛田は盗みか何かで入って来たようだ。俺はシンナーなどの吸引や盗みを繰り返して入れられた。

仲良くというよりは、俺と剛田は大男の九十九の言いなりになっていた形だ。九十九は一九〇センチ以上の身長があって、乱暴者で、奴に逆らう者は誰もいない。俺も剛田も、奴の暴力で子分になっているようなものだ。

俺は身長が一七〇センチしかないが、剛田は一八〇ある。その剛田が九十九に散々殴られるので、一度反撃したことがあった。

数発殴られた九十九は、剛田をつかまえてトイレの個室へ押し込んだ。最初は暴れる物音がしていたが、すぐに止んで、二、三十分すると九十九が一人で出てきた。その後、個室の中を見てみると、床にそのまま座っていた剛田が、何としくしく泣いていた。そのことがあって以来剛田は、九十九の言うことは何でも聞くようになった。

それからしばらくして橘が入所してきた。入ってからすぐ、素直に教官達の言う通り模範のように行動する橘が、俺と剛田は気に食わなかった。ちょっかいをかけてものってこない。それが九十九の気に障った。

そしてある時、九十九の指示で俺と剛田が橘をトイレに連れ込んで三人で暴行した。その後また数日経って同じように暴行した後、橘が首を吊った……」

薄暗い路地の突き当たりのところにいる二人の若者に気付いて、ギョッとした通行人が数人その路地を引き返して行った。それほどそこにいる光士の形相は凄まじく殺気立っていて、近づくと何をされるか分からない雰囲気が漂っていた。

「畜生界」と「修羅界」の卓也を、「修羅界」の中の「修羅界」の光士が押さえつけていた。

光士の肚は煮えくり返っていた。今目の前に蓮や亘が現れたら、きっとぶち殺してしまっていたに違いなかった。

(よし、これで経緯は分かった。さてこれからどうするかだ……)

卓也の話を聞いた「光士」こと光は、「修羅界」から「人界」へ、「声聞界」へと頭と心を素早く回転させるのであった。

高橋には悔いと懺悔《ざんげ》の命しかなかった。

何故俺は周りの目など気にせず、一日も早く橘満夫に会いに行かなかったのか?

また一週間経って満夫に会いに行こうと思った日に、何故自身の弱さ、醜き欲望に負けて、吉岡先生と会って有頂天になっていたのか……。

高橋の「人界」の生命は、苦悩に苛まれて「地獄界」の苦しみにもがいていた。

少年院に行こうという気持ち、満夫の話を聞いて、彼を励まし、少しでも彼の気持ちを軽くしてやりたいという「人界」の中の「菩薩界」の生命は、周囲の目を気にした臆病な「畜生界」に負け、そして若い異性の吉岡先生と一緒にいたいという「餓鬼界」、「畜生界」に負け、おまけに「天界」まで感じていたのだ……。

その命を思い出すたびに……少し満夫の心に「人界」の生命が、善き兆しの「菩薩界」の生命が芽生え始めていただけに、それを断ち切ってしまった罪悪感の地獄の苦しみは、高橋の全生命を蝕《むしば》んでしまっていた。


じっとしていることの、命ののたうち回るような苦しさから逃れるために、高橋は動き出した。

休まず学校に通い、授業をして、会議に出て、クラブ活動に励んだ。動くために物を食った。動くために床に入った。しかし心は動かなかった。全く動かなくなってしまっていた。

能面のような表情になった高橋に、同僚や生徒達は不気味がった。職員室では、高橋のあまりの変わりように、

「あいつはもう駄目だな」

という呟きの声まで聞こえていた。

満夫の担任の花田は体調を崩し、警察へ被害届を提出した吉岡も体調を崩し、一週間休んでいたが、その後、病院の診断書、

「心神耗弱《こうじゃく》のため、二、三か月の療養が必要」

を提出して休職状態となった。

他の教師は現場の対応に追われ、その日その日を消化するしかなかった。

満夫の両親、橘隆男と吉乃は、学校には一切苦情は言わなかった。そのことが、一時は騒然としていたマスコミや、ＰＴＡや生徒達などの動揺も次第に収まっていった大きな要因となった。

満夫が病院に運ばれた日の夜、隆男は二人の息子の宏児と光に話した。

「いいか。満夫は決して自殺するような奴ではない。その行動には必ず何か原因があるはずだ。それをお前達二人で突き止めろ。

光は明日から少年院に張り付いて退所してくる奴が出るまでじっと待て。そしてそいつと接触して満夫のことを聞き出すのだ。

宏児は母さんのことが気にかかるので、注意して見守っていてほしい。父さんは父さんなりに考えてみる。いいか、分かったか?」

二人は頷いた。

吉乃は、少年院の院長から連絡を受け、病院に駆け付け満夫を見た瞬間から、天に祈った。

「私の命はもういらない！　私の命を捧げますからどうか何としても満夫の命だけは助けて下さい！」

と。

最初仮死状態の満夫を見た時は、半狂乱の様を呈した吉乃であったが、一日経って、

「どうやら命だけは持ちこたえました」

と医師から告げられた時、吉乃は生き返った。満夫の意識が戻らないことは最大の心配だったが、取りあえず、逝ってしまわないで、帰らぬ人とならずに、まだ自分のそばにいてくれるのだ、よし！　共に生き抜こう！　穏やかに静かに生き抜こうと決意した。

その時以来、当初隆男が、母親の吉乃のことを一番に心配したが、そのことはどうやら大丈夫のようであった。


隆男は最初、少年院の院長から満夫が自殺を図ったらしいということを聞かされた時、全く信じられなかった。ただ下腹にぐっと力を入れて歯を食いしばった。

これは我が人生において最大の試練だと直感した。自分の若い時に散々無茶をして、他の暴走族のグループと喧嘩になって、バットで頭をかち割られて血まみれになり、意識が朦朧としながら相手の番長を叩きのめした時も、こんなに最大の危機感を持ったことはなかった。

何故満夫はそんな行為をしたのか。自分の残りの人生を懸けてでもその理由を糾明し、意識不明の満夫の笑顔をもう一度見るまでは、絶対に死ねないと決意した。

そのための第一歩として、騒然とした混乱を鎮め、平静を取り戻すことに専念した。妻を労わり、息子達には自分の手足になって動いてもらうために指示を出した。一日一日、じりじりする焦りを抑えて、自分の限界までの忍耐への挑戦とした。

何日何か月何年かかろうが、誰にも悟られずに、自分の気力との凄絶な戦いの日々を開始したのだ。

三

午前中、今日も若い医師が満夫の脈を測り、眼球の様子を診《み》、呼吸を調べた。

「いつもと変わらないと、木崎君、書いておいてくれ」

「分かりました、田中先生」

と若い准看護師の女性はカルテに書き込み、若い医師が去って行く後ろ姿に頭を下げて見送った。

「さぁ、今日も身体を拭かせてもらいますよ」

と言って、洗面器の湯にタオルを浸け、しっかり絞った後、自分の白い袖をまくり上げた。袖と同じくらいの白さのか細い指先で、満夫のパジャマのボタンを一つ一つ丁寧にはずしていった。毎日少しの流動食と点滴しか受け付けないため、満夫の胸はあばら骨が浮いてきた。若くて逞しかった頃の満夫の胸板をさも知っているかのように、その准看護師は涙ぐみながら、丁寧に丁寧に時間をかけて拭いていった。満夫の薄い胸を労わるように拭きながら、彼女の唇は何か動いていた。

「…………」

「…………」

「い・ち・に・ち・で・も・い・い・か・ら・は・や・く……」

「は・や・く・め・を・さ・ま・し・て……」

「あ・の・や・ん・ち・ゃ・だ・っ・た・ま・ま・の……」

「た・ち・ば・な・く・ん・の……」

「げ・ん・き・な・す・が・た・を……」

「み・せ・て……」

「い・ち・に・ち・で・も……」

「は・や・く……」

とうとう、その准看護師は満夫のベッドの側で、ワーッと泣き崩れた。

幼さの残る顔で泣きじゃくるその若い女性は、満夫と同学年の木崎智子であった。


少年院で自殺を図った、と満夫のことを聞いた時、あるいは一番衝撃を受けたのは智子であったかもしれなかった。

智子と同じく学級代表の横田と共に、少年院にいる満夫が一日でも早く出てこられるようにと署名を集めた嘆願書がどうなったかを、校長のもとに聞きに行った翌日に知らされたのだ。

みんなの協力のもと、満夫の中学校復帰が、少しでも早くなるかもしれない、と心の奥の「人界」にほのぼのとしたものを感じていた矢先に、突然〝自殺！〟という「地獄界」の苦悩が舞い降りたのだった。

思考回路が凍ってしまってしばらく言葉が出て来ず、苦しみにうちひしがれてしまった。青天の霹《へき》靂《れき》というか、心がひっくり返ってしまった。温かい菩薩の命を感じていたのが、苦悩の「地獄界」に覆われてしまったのだ。苦しみの命に覆われてしまうと、エネルギーが湧かず、食べたい、眠りたいといった生理的機能も麻痺してしまった。

日常の繰り返しでかろうじて行動していたが、あの時の、二日間ほどの記憶は飛んでしまって思い出せなかった。

三日目の朝、初めて少し空腹を感じて、母が入れてくれたホットミルクを一口、口にした時に我に返った。

これではいけない！

このままではだめだ！　自分にはまだ何かできるはずだ。

ここで萎えてしまってはいけない！　苦しみの「地獄界」の闇の奥にぽっと灯りが射すように、挑戦の「仏界」が煌《きら》めいてきた。

何故その光が射したのか　智子にも分からなかった。ただ橘満夫のことを何とかしてあげたい、自分がもしそうであったら苦しんで大変だっただろう、それならば、今自由の身の自分に、きっと何か出来るはずだ！　と命で感じたのだった。そして嘆願書のことを思いつき、クラスや学年のみんなと協力して成し遂げ、校長に手渡し、彼の復帰を一日も早くと念じ続けた。そんな菩薩の命の傾向性が、一旦地獄の苦しみに落ちた時に、これではいけない！　と蘇《よみがえ》って、挑戦の逞しい「仏界」へと展《ひら》いていったのかもしれなかった。

（橘君は、命を終えていないそうだ。意識は目覚めていないものの、まだ生命は脈打っている。何とかなる！）

智子はそう確信して蘇った。

よし、猛勉強して医者になるのもいい。

でも私は、看護師として彼を支えて、もう一度話してみたい。今まで特に個人的に彼と話したことなんて一度もなかったけれど、何だか無性に彼が懐かしい気がする。もし今なら、彼と心からいろんな話ができるような気持ちになるのは何故だろう……。

智子は、卒業後は看護師を目指して看護学校に進もうと心に決めた。

今まで親の言うことに反対したことなどなく、勉学にも励み優等生的に生きてきた。そして有名な進学校へ進もうとしていた矢先に、急に公立の看護学校に通い出したいと言ってきたので、彼女の両親は驚いて反対した。

「ここまで頑張ってきたのに、何故急にあなたはこんな進路変更をするの？」

と母親は不安な表情で尋ねた。隣の父親も無言で頷いていた。

「お母さん、お父さんごめんね。私、今まで通り頑張って勉強したりするのが嫌になったんじゃないの。もっともっと頑張って勉強したい気持ちなの。それとともに前から感じていた、人の役に立ちたいっていう気持ちが更に強くなってきたの。進学校に通って難しい大学を目指すのもいいんだけれど、何か今無性に看護師さんになりたいの。看護師になって、お医者さんの手助けをしたり、患者さんの支えになりたい。この気持ちは変わりそうにないし、日に日に強くなっていくの。どうかお父さんお母さん、私の願いを聞いて下さい」

じっと両親の目を見つめながら、ゆっくり気持ちを込めて語る智子を見ていると、父も母も何故か何か温かい大きなものに包まれているような気持ちになって、娘の願いを聞いてやりたいという気持ちに圧倒されて、承諾してしまった。


看護学校を一番の成績で卒業することになった智子に対し、学校長は、どこの病院でも勤務することができる特別の推薦状を書いてあげる、と言ってくれた。

智子はとても喜んで学校長に感謝した後、それでは、と言って設備の整っている一つの病院の名を申し出た。その病院こそ、満夫が眠り続けている病院であった。

准看護師として働くことになった智子は、明るく快活で、本当に献身的に仕事に没頭した。

苦情の多い患者や、気ままな患者、気性の激しい患者など誰もが敬遠するような患者にこそ、進んで申し出て対応に当たり担当として就いていった。いつしか智子は、若いながら、同僚からも先輩や医師からも信頼される准看護師となっていた。


ある日、今まで満夫を担当していたベテランの看護師が、家庭の事情で退職することになり、誰か代わりの担当者が必要になった。

満夫は、もう三年以上も意識が戻らない患者であり、完全看護の、重度の手の掛かる患者であることは、看護師誰もが知っていることであった。

「さて、皆も知っている橘さんの担当のことだけど、誰か私が担当します、という希望者はいませんか」

年輩の看護師長の白石が、皆の意見を聞くことは異例であった。ほとんどの場合、先に適任者を選んでおいて、その者を呼んで通達するというのが通例であった。ただ今回の担当は、今までの担当とは少し様子が違った。

そのことを誰もが知っているだけに、こうやって皆に問いかけるということが、それだけこの担当が大変だということを感じさせた。しばらく沈黙が続いた後、

「そう、やはり希望者は名乗り出ないわね。それじゃあ……」

と言いかけた時、

「あの……私で良ければ担当させていただきます」

と列の後ろの方で手を挙げて答える一人の准看護師がいた。皆が振り向いて、その者を見ると、それは若い智子だった。

「あぁ、木崎さんね。あなたは今まで大変だなと思われる担当にもよく就いてくれて、とても助かるけど、今回は大丈夫よ。もう少し経験を積んでいる人に就いてもらうから」

白石は、智子を労わるように声をかけてから、ベテランの小谷という看護師に声をかけた。

「小谷さん、どうですか？」

「あっ、はい。就かせていただきます」

と二十年近く看護師の経験のある小谷は、頭を下げて応えた。皆は納得して頷く者もいた。

「あっ、白石先生、私まだ経験も浅いですし未熟者ですが、是非今回、橘さんの担当に就かせて下さい！　お願いします！」

と智子は必死に叫んでいた。

看護師全員が一階の会議室に集まるようにと招集がかかった時、一体何の話だろうと思いながら、智子も会議室に向かった。

看護師長の話が始まって、橘という名前が出た時、智子の心臓がドクン！　と打って頭の中が真っ白になってしまった。

「そう、やはり希望者は名乗り出ないわね。それじゃあ……」

と看護師長が言った時、我に返って、唾を飲み込みながら、額に汗を滲ませて、手を挙げ、声を発したのである。看護師長がベテランの小谷の名前をあげ、小谷の、

「就かせていただきます」

という声が聞こえた時、智子の全身の毛穴から汗が噴き出した。橘の名前を聞いた時の震えるような「人界・天界・菩薩界」の生き生きとした生命の鼓動が、「小谷」という声を聞いて、「餓鬼界・畜

生界」の焦燥の命と転回した。

（ここで担当を譲るわけには、何としてもいかない！）

このために看護学校に通い、今日まで頑張ってきたんだ。

だが、狂おしい「地獄界」の悩みの命に触れた途端、

（いや、自身のことはどうでもいい！　何としても橘君を救ってあげたい！

小谷さんも素晴らしい人だが、私は自分の命を削ってでも、このために、この命のために生きてきたんだ。苦しんでも挑戦していきます！）

と苦しみの中で、挑戦の強い「仏界」の生命がまた噴き出した。

「白石先生！　私は未熟者ですが、頑張ります！　どうか橘さんの担当に就かせて下さい！」

と全身で智子は叫んでいた。


普段はもの静かでにこやかに黙々と仕事に励んでいる智子が、全身を震わせて大声で叫んでいるのである。皆はびっくりして智子を見つめた。一番驚いた白石は、

「き、木崎さん、分かりました。でも、今回の担当は今までよりも一段と大変なのよ。大丈夫？　そう。頑張ってみたいの？　小谷さんはどう？　代わってもいいの？

そう……、じゃあ、木崎さんに就いてもらって、困ったことがあったら、小谷さんに何でも相談するのよ。小谷さん、木崎さん、それでいい？」

「分かりました」

と小谷は頭を下げ、

「ありがとうございます！」

と智子も深々と頭を下げた。

会議室に集まった看護師達は、いつも冷静な白石が、いつになく動揺したような態度を表したことと、若くてもの静かだと思っていた智子の、あの気魄のこもった発言にびっくりして、解散となった後も、しばらく囁き合う声が聞こえていた。


翌日から橘満夫の担当となった智子は、小谷看護師の細々《こまごま》としたアドバイスを受けながら、働き出した。

まず、一日に五回の採尿の処置の仕方を学んだ。小谷は、若い智子にとって、同世代の青年の尿をとるという、一番やり辛いであろう仕事から教えていった。しかし小谷の予想は外れ、智子は恥ずかしそうな素振り一つ見せることなく、それはあたかも神聖な行為であるかの如く、丁寧に、そして最大の優しさを発揮させながら行っていった。採尿の処置からこのようであっただけに、あとは推して知るべしであった。

点滴や流動食を与える作業。

全身を湯でぬらした柔らかいタオルで拭く作業。

床ずれを避けるために、定期的に少しだけ寝ている姿勢を変える作業。

彼の身体のあらゆるデータを記録する作業。

日に二回の医師の検診に立ち会う作業。

満夫を見舞う人々との対応など一つ一つを、実に丁寧にこなしていった。満夫を見舞う人の中には、智子が満夫の身内の者かと感じてしまう者も出るほどであった。智子の顔は、若々しい生命力で輝いていた。

あたかも満夫に、自分の若々しい生命を注ぎ込むかのように……。

四

九十九亘の父、泰三は、運送会社で働いていた。

四トントラックを操り、北海道から沖縄まで日本全国に物資を配達して回った。またテナントの仕事の時は、夜中に資材を積んで出発し、現地に到着すると、朝の始業時間までに、仲間と共に展示会場のセット（マネキン配置や機材の組み立て）などを素早く済ませた。

その後は夕方の催しが終わるまで、トラックで睡眠をとったりして待機した。

催し事が終わると、今度はまた仲間と共に、展示会場を素早く解体し、機材をもう一度トラックに積み込んだ。そして夜中に出発して明け方頃会社に到着した。一年三六五日、こういう仕事の繰り返しであった。

楽しみは酒と女遊びと喧嘩であった。来る日も来る日も喧嘩を繰り返した。身体中の傷が癒える日はなかった。

ある時いつものように数人と小競り合いになった。その中の一人が喧嘩の途中にナイフを取り出し、泰三の右足の太ももを思いっ切り抉《えぐ》った。

ナイフの刃は太ももに食い込み、更に相手がそのまま捻り上げたので、太ももの筋肉がズタズタに断裂してしまった。

刃物が刺さったまま気絶している泰三に気付いた通行人が救急車を呼んでくれた。病院に運ばれた泰三は、治療がもう少し遅れれば、出血多量で死んでいたような状態であった。

一命はとりとめたものの、足の筋肉の断裂がひどすぎて退院してからもまともに歩けず、右足をひきずっての歩行になってしまった。そのため、今までの運送会社を辞めざるを得なくなった。この時から泰三の人生は荒《すさ》みだしたのである。

運送会社を辞めた泰三は酒と女に溺れギャンブルにのめり込んでいった。競輪・競馬・競艇……何でも手を出したが、一番のめり込んだのはパチンコであった。開店前から店の前に並び、閉店まで打ち続けた。勝った時は酒を飲み、女を抱いた。負けた時も酒を飲み、女を抱いた。金がない時は金融会社から金を借りたが、積もり積もって半年経たぬうちに借金は五〇〇万円を超えていた。

泰三には沢由里香という一人の彼女がいた。

運送会社に勤めていた時の事務員で、可憐な女性であった。

男の社員同士で話している泰三の姿に、無骨だが男気を感じて、由里香の方が先に好感を持っていた。

泰三の方も女子社員の中で綺麗な由里香の存在は知っていたが、名前も知らず、自分には縁のない人だと思っていた。

ある日会社の飲み会が終わっての帰り道、同僚の吉田と本多、三人で次の居酒屋へ向かっていた泰三は、ある店の前で、二人の若い女性が四人の男達にしつこく誘われている場面に出くわした。

「少しだけでいいから、ここの店で一緒に飲もうよ」

と洒落《しゃれ》た服装の男が二人の女性に声をかけていた。

「あっ、いいえ結構です」

と髪の短い女性の方が答えていた。

横顔がチラッと見えた時、どこかで見たような気がするな、と泰三は思った。

「あっ、沢さんだ！」

と吉田が叫んだ。

「えっ？」

と泰三が振り向いた時、二人の女性はその男達に両脇を抱えられて連れていかれそうになっていた。

吉田はその男達の服装などから、「その筋の者達だろう」と言った。一緒にいた本多も、「関わらない方がいいぞ」と言った。

「馬鹿野郎！　同じうちの社員やろ！」

と言いながら、泰三はもう相手に向かっていた。

「おい！　嫌がってるやないか！　やめとけ！」

と言って泰三は、由里香の左腕を抱えていた男を後ろから突き飛ばした。派手なスーツを着たその男は、いきなり後ろから突かれたので地面に転んだ。そして今度は、由里香の右腕を抱えていた男を

前から突き飛ばした。その男がよろけた隙に、

「あっ、九十九さん！」

と言って由里香は泰三の背中に身を隠した。

「何や、お前？」

もう一人の、最初に由里香に声をかけた男が泰三に殴りかかってきた。

泰三の、同僚を助けようという「菩薩界」が、殴りかかってきた相手をよけた時に、何くそ！　こんな青二才に負けるか！　という「修羅界」に変わり、（喧嘩ならこっちの日常茶飯事や！）という「人界」からワクワクする「天界」にと目まぐるしく変わっていった。そして殴られると怒りの「修羅界」になり、張り倒したら「天界」へと変化した。

一人の男がポケットから光る物を出した時、怒りの生命が髪の毛を逆立たせた。泰三は二人の男に後ろから両脇を抱え込まれ、刃物を持った男が突進してきた。間を入れず泰三は右足のかかとで右の男の足の甲を思い切り踏みつけ、その男が手を離した瞬間、左脇を抱えていた男を振って体をかわした。

「ドス！」という刃物が肉に食い込む音と同時に、泰三の左脇を抱えていた男が、

「ギャー！」

と叫んだ。その男が倒れた瞬間、泰三は仲間を刺してうろたえている男を張り倒した。もう一人の男は仲間を呼びに行ったのか、姿を消した。

「今のうちに行こう！」

と言って、泰三は二人の女性の手を取って吉田と本多の方へ走って来た。青ざめた顔の四人と、真っ赤な顔をした泰三は急いでその場を離れた。


泰三と由里香が付き合い出したのは、それから間もなくのことであった。

吉田と本多が泰三の武勇伝を大袈裟に会社で話したので、泰三は一躍有名になり、由里香と交際し出すと「似合いのカップルだ」と言われて皆にもてはやされた。二人は傍《はた》から見ていても本当に仲のいいカップルであり、二か月後、結婚式を挙げずに入籍し、由里香は九十九由里香となったのである。


しかし泰三の喧嘩っ早い性格は変わらなかった。

そしてとうとう、泰三は命にかかわる大怪我をしてしまったのである。右足が不自由になり、運送会社もクビ同然で解雇され、仕事がなくなった頃から泰三は由里香を遠ざけ出した。

由里香は何とか泰三の力になって支えようとしたが、傷心の泰三にはその姿が却って煩わしかった。酒を飲み、他の女といるところをわざと由里香に見せつけた。由里香にはそれが死ぬほど辛かった。

（由里香、お前は綺麗でまだ若い。こんな身体になってしまった俺はもう駄目だ。お前はどこかでまた人生をやり直せ！）

無骨な泰三は、この思いを由里香に面と向かっては話せなかった。泰三も辛かったが、まだ由里香のことが好きだった泰三は、自分から由里香のことを思って離れていった。

ただその思いは、由里香に通じなかった。

仕事にも行かず、賭け事をし、酒を浴びるように飲み、女を自分の家に連れてきて、由里香の目の前でその女を抱く泰三を、由里香は見ていることができなかった。

とうとう彼女は家を出て行く決心をした。


あなたは人のために自分を犠牲にできる心優しい人です。ただ、今のあなたにとって私の存在がかえってあなたを苦しめていることを感じます。しばらくあなたとの距離を置きます。どうかお身体を大切にして下さい。

由里香

ある雨の降る二月の寒い夜、泰三は由里香の置き手紙に気付いた。こうなることを望んでいた泰三であったが、とうとう自分には何もなくなってしまったことに気付いて愕然としてしまった。

右足を引きずり、雨に濡れながら泰三は由里香を捜した。凍える雨は、由里香を捜す泰三の「餓鬼界、畜生界」の生命を絶望の苦しみの「地獄界」へ落としていった。泰三の「地獄界」の中の「人界」は、雨の中を去って行く由里香の姿を思い、狂おしい後悔の思いにかられ、「地獄界」の中の「地獄界」へと落ちていった。

由里香はまず仕事を探した。コンビニエンスストアのパートとして雇われた。住む場所も泰三の住んでいる家から電車で二駅離れた、さほど遠くないところに安いアパートを見つけて住み出した。

一か月ほど経って仕事や生活のリズムをつかみ出した頃、体調の変化に気付いた。店で商品を棚に並べている時に急に吐き気を催した。トイレに行って吐こうとするがもどさなかった。苦い唾が口一杯に広がって、それを吐き出しただけだった。

そういうことが二、三日続いた時、由里香は何か突然背筋に電気が走ったように感じ、がくんと膝を突いた。

「もしや……？」

間違いないと何故か確信が持てた。

そして産婦人科を訪れ、

「おめでとうございます。二か月目に入っていますよ」

と笑顔で告げる医師の顔がぼやけて遠ざかっていった……。

どれだけ時間が経っただろう。病室のベッドで意識を取り戻した由里香は、こうしてはいられない、とベッドから滑り降り、体調が戻ったことを看護師に告げ病院を後にした。

間違いなく泰三の子供を宿したのだ。

嬉しいというよりは、自分は今しっかりしなければならない。生活も経済的にも厳しいが、何としてもこの子を無事に出産するのだと心に決めた。お腹の底から何か闘志のようなものがふつふつと湧いてくるのを感じるのであった。

お腹が少し目立つようになってきた五か月目からは晒《さらし》を腹に巻いて、なるべく分からないように少し大きめの服を着た。店長から、

「少し太ったんじゃない？」

と言われると、

「ちょっと食べ過ぎで」

とごまかした。

ところが食べ過ぎどころか、生まれて来る子のために、できるだけ栄養は摂るように心掛けたが、食費から何から切り詰めて暮らしていた。夜遅くの残業も買って出て、手取りで月十三万円を獲得した。そのうち、家賃・光熱費・水道代・食費等で四万円を使い、残りの九万円を出産費用に充てて貯金した。九か月目に入って身体が大変でも歯を食いしばって頑張った。

お産が近づき、どうしても耐えられなくなってから、やっと店長に申し出た。

「実家が山形の山奥の田舎で、年老いた両親が暮らしていたが、父が病気で死亡した。母も身体の具合が悪く、父の葬儀とその後の処理、母の身体の看病などで一週間だけ休みをもらえませんか？」

「九十九さん、あなたは今までほとんど休みも取らず、残業もよくして一生懸命働いてくれている。お客さんにも明るく接してくれて、うちとしてもとても助かっている。一週間と言わず十日でもいい

から、お父さんをしっかり弔ってあげておいで」

初老の店長は微笑《ほほえ》みながら言ってくれた。

「ありがとうございます！」

（十日あれば、産んで何とか後のことまで済ませられる）

由里香は喜んだ。貯金を確かめると七十万円近くあった。

（よし、これで何とかなる！）

由里香は旅行カバンに衣類や赤ちゃん用の必要品も詰め込み、お金を握りしめて産院へ向かった。

「先生、無茶なことを言って申し訳ありません。費用は六十五万円あります。何とかこれで、五日間の入院で無事に我が子を産ませて下さい！」

予定日までまだ一か月余りあり、何と無謀なことを言うと、米田という医師は呆れたが、これでないと経済面でも生活面でも出産することができない、と必死で訴える由里香に同情するしかなかった。

やむなく帝王切開手術をして出産させることにした。聞いても身内がいないと言うので、翌日手術をして胎児を取り出すことになった。

手術は無事成功したが、生まれてきた男児を見て驚いた。予定日よりひと月余り早くの出産なのに、体重が三五〇〇グラムもあったからである。小さな彼女の身体に、晒をきつく巻いてこれだけの大きさの胎児を体内にしまっておく辛さと、辛抱強さが偲《しの》ばれた。

米田は由里香のことを、何と芯の強い女性かと感嘆した。

「無事男の子が生まれましたよ」

と言う看護師の言葉に、由里香は大粒の涙を溢れさせながら、

「ううっ、ううっ……」

と、喜びで暫くは言葉が出なかった。


数時間後に看護師が抱く我が子を見て、由里香は、

（よしっ、まずは無事に産むことができた。さぁ、これから如何《いか》に育てていくかだ……）

と、感激にひたっている暇はなかった。

五日の入院を一日縮めて四日で退院し、男の子を抱いてアパートの我が家に戻った。休みは六日目に達していた。由里香はあと二日以内に、何とかこの胎児の面倒を見てくれる人を探し、九日目には職場復帰をしようと心に決めていた。男の子の名前は、恒久に生きていってほしいという意味で、亘《わたる》と名付けた。

しかし、こんな生まれたばかりの赤ん坊を見てくれるところなどどこにもなかった。由里香は、どうやって探したらいいのか途方に暮れてしまった。

役所の窓口で聞いた託児所など十数軒当たってみたが、どこも生後十日も経っていない胎児など、安全面から考えても預かってくれる施設はなかった。

亘を腕に抱えたまま、由里香は自分のアパートに戻ってきた。もう陽は暮れて辺りは暗くなってい

た。

明日は自分が職場に戻ろうと決めた日である。途方に暮れて、二階にある自分の部屋に通じる階段を、重い足を引きずりながら、ゆっくり上がっていった。

あと一段と思ったその時、階下の部屋から一人の老人が出てくるのが見えた。

由里香は何も考えずにその老人の方へ向かって行った。

「どうか、どうか、この赤ん坊の面倒を見てもらうことはできないでしょうか？」

必死の由里香の訴えに、老人は、初めは何を言われているのか分からないようだったが、由里香が必死で何か伝えようとしていることは分かった。若い女性の必死さに打たれて、話を聞いてみようと思い、老人は自分の部屋に彼女と赤ん坊を招き入れた。

由里香は、もうこのチャンスを逃したら亘を無事に育てていくことはできないと本能的に察知し、部屋に入ると亘を畳の上にそっと置き、老人の手を握り、顔を覗《のぞ》き込んで全身で訴えた。

電気をつける暇もなく、立ったまま、薄暗がりの部屋の中で、若い女性に手を握られたまま老人は話を聞いていた。

必死さで瞳に涙を滲《にじ》ませるその姿に老人は心を打たれた。何とか自分で役に立てることがあったら手を貸してあげようと言ってくれた。

その言葉を聞いた由里香は、幼い命を繋ぎとめることができそうだと感じて、安堵感が胸一杯に込み上げてきて泣き出してしまった。

清潔な肌着、おしめ、粉ミルク、哺乳瓶、乳児用の寝具などを老人の部屋に運び入れ、由里香は週に一度の休みの日以外の、朝八時から夕方六時まで亘を預かってもらうことを了承してもらえた。

一か月一万円でお願いします、と言う由里香に対して、老人は「必要ない！」と言って一切受け取らなかった。

「それではかえってこちらが困ります」

と言う由里香に対して、

「お金で預かろうと言ったんじゃない！」

と言う老人に、由里香は心で泣いていた。

翌朝七時五十分に、由里香は亘を抱いて老人の部屋を訪ねた。

老人は木口と名乗った。

部屋の中は、カラーボックスの上に小さなテレビがあり、小さな箪笥《たんす》とテーブルが一つ。部屋の隅に新聞が積んである、それだけの部屋だった。

新聞の横に、昨日持ってきておいた亘用の寝具が敷いてあった。質素ではあったが部屋の中はきれいに掃除されているようであった。

由里香はＢ４判の用紙の裏表にびっしりと亘用のタイムスケジュールを書いて、

「よろしくお願いします」

と言って木口に渡した。

「うまくできるかどうか分からないが、何とか頑張ってみるよ」

と言って木口は少し笑った。初めて木口の笑顔を見て、この人は見かけよりも若いのかもしれない、と由里香は思った。

生まれたばかりの亘を残して後ろ髪を引かれる思いであったが、とにかく働かなければ母子ともに生きてはいけないと、心を叱咤して由里香は出かけた。


木口は印刷工場で定年まで働いた。五十歳手前の時に病弱な妻を結核で亡くした。

子供はおらず、以来一人暮らしだった。定年を迎えてからは年金で細々と生活していた。白髪で背も低く、見かけは七十を越しているように見えるが、実際は六十五歳であった。


授乳は三時間おきに頑張った。

沸騰した湯を少し冷まし、哺乳瓶に粉ミルクを入れ、湯を注ぎ、人肌の温度になるまで冷ましてから与えること。泣き止まない時は、体調が悪くないか、おしめを替えてほしいのか、抱っこしてほしいのか、お腹が空いていないかなど真剣に見極めていった。

由里香が書いたメモを暗記するぐらい何回も読み返した。子供のなかった木口にとっては大変であったが、何か新鮮で、ある意味でやりがいのある仕事となった。液状の大便の取り替えには閉口したが、一つの小さな命を大切に守ろうという、今まで経験したことのない大事なことをしているという自覚が芽生え、張りのある生活となっていった。

木口の手を借りて、こうして亘を育てていた由里香は、半年を迎えようとしたある日、父親である泰三に、このことを伝えようかどうしようかと迷っていた。

週一日の休みの日に、由里香は亘を抱いて、泰三の住む懐かしい住まいの前まで来ていた。ただ、このことを告げようかどうか迷ったままであった。

数十分扉の前で佇《たたず》んでいた由里香は、急に扉が開いたのにびっくりして、隣の物陰に隠れてしまった。すると二人の体格のいい男が出てきて、

「あと一週間以内に五〇〇万返さないと、お前をぶち殺して臓器を売りさばくからな！」

と部屋の中に向けて怒鳴り散らした。

由里香は恐ろしくなって、その場から立ち去った。何ということだ。泰三は立ち直るどころか、更に生活が荒んで、借金を重ねているらしい。一週間で五〇〇万円なんて、どうしようもないだろう。今の男達の様子から見て、あの言葉もただの脅しではないように感じられた。由里香は帰り道を急ぎながら、心臓がバクバクしていつまでも胸の動悸が治まらなかった。

翌日、コンビニで棚に菓子パンを並べながら、あと六日しかない……と由里香は考えた。何とかし

なければ。亘の存在を告げて、泰三を喜ばせてあげようなどと思っていた考えは吹っ飛んでしまった。あんな大金、貸してくれるところなどどこにもない！

三日経ち、四日経ってもいい考えは浮かばなかった。

五日目の夜、木口から亘を引き取り、自分の部屋で亘の寝顔を見つめている時、由里香は決心した。青白い顔の由里香の瞳がじっと見つめている先に、アパートの郵便受けに入っていた一枚のチラシがあった。

高額収入　貴女の望みを叶えます
人妻専門店　高級ヘルスクラブアムール
託児所との提携有り　二十四時間対応可能
0歳児（二か月）から預かります
まずは連絡を　06　613×　××××

白く光っていた由里香の視線は一枚の紙から亘に戻った。柔和な笑みを浮かべた彼女は一言呟いた。

「大丈夫よ。あなたのためだったら何でもできるわ」

六日目、木口に亘を預けた由里香は、さっそく「アムール」を訪れた。

「面接を受けたいのですが……」

対応は意外と女性スタッフであった。由里香は自分の状況を話し、店からの仕事の説明を受けた。

「他に質問はないですか」

と言う若い女性スタッフの声に、由里香は意を決して、

「一つだけお願いがあるのですが……。

仕事は頑張ってやらせていただきます。ただ前金で五〇〇万円お借りすることはできないでしょうか」

今まで明るい顔で好意的に対応してくれていた女性の顔が一瞬曇った。

「あの……うちのお店では、そんな高額な前金を渡せる制度は設けていませんので……」

「そこを何とかお願いします。店長さんか、課長さんか部長さんか分かりませんが、どなたかに会わせてもらえるわけにいきませんか！　このままでは私、帰れないんです！」

涙が滲んだ眼で、必死に由里香は訴えた。

「ちょっ、ちょっと待って下さい」

と言ってそのスタッフは部屋から出て行った。

由里香はここで断られたら、もう亘と共に生きてはいけない……と、二度目の絶望的な思いに沈んでいた。暫くして年輩の男性が入って来た。

「どういうことか話を聞きましょう」

と言ってその男性は名刺を差し出した。

アムール興業　部長　佐々木繁
由里香は、部長という肩書きだけが目に入った。彼女は夢中で訴えた。

「今、私には六か月になる息子がいます。この息子と共に私達が生きていくために、どうしても五〇〇万円というお金が必要なんです。ただその必要なお金の期限があって、その期限が明日なんです。私には今保証人になってくれる人もいません。無茶なことを言っているのは、自分でもよく分かります。ただその借りたお金を返済するために、何年かかっても絶対辞めずに働き抜きます！　あとは、もう私を信用してもらえるかだけです！」

由里香は半ば無理なことは承知で、ここで聞いてもらえなければもう駄目だ、何か私、崖っぷちみたいなところばっかり歩いてるような気がする……と思いながら訴えていた。

その男は何も言わず、由里香は暫くしてから顔を上げると、じっと自分の方を見ている目と合ったのでドキッとした。

「よろしい。私はビジネスマンです。あなたが五〇〇万円稼げるだけの女性なのかどうか、私が相手で体験入店してもらいましょう。

ただし私が無理だと思ったら、はっきりそう言わせてもらいます。それでいいですか？」

「分かりました」

由里香は何となく、感じていた通りになった、と思った。

「それではメイクさんに髪型や化粧などを整えてもらった後、一時間後に隣のホテルのロビーで会いましょう」

と言って、男は部屋から出て行った。

待機室でメイクさんに髪のセットや唇にリップを塗ってもらっている顔を鏡で見ながら、由里香は、何だか自分の顔ではないような気がしてきた。

「まぁ、化粧で随分変わるわ。目が大きくてとっても魅力的よ！」

とメイクさんが言ってくれた。

「いえっ、私なんか……」

由里香はそう言いながら、実は泰三以外の男性は知らない自分に不安を感じていた。

（大丈夫、何とかやってみるわ。命を取られるわけじゃない。誠心誠意尽くしてみよう……）

と心に決めた。


部屋に入り、服をお互いに脱がせ合うのだと教えられた。由里香は男性の上着をとってハンガーに掛け、ワイシャツのボタンを一つ一つ丁寧にはずしていった。指先が震えるかと思ったが、意外と大丈夫な自分にびっくりした。ホテルの部屋で二人っきりで男性の服を脱がせている自分を、じっと静かに見つめているもう一人の自分の存在に気付いていた。

ワイシャツを脱がせたところで、その男性は抱き付いてきてキスしようとした。彼女は恥じらいながらも受け止めて唇を重ねた。服の上から乳房を揉まれた。

「あぁっ」

とため息が漏れた。今度は尻を掴まれ、思いっきり揉まれた。また吐息が漏れ、男性にしがみついてしまった。

いつの間にかブラウスのボタンは外され、ブラジャーの中に指を入れられて直に乳房を揉まれた。生まれたままの姿になり男に抱きしめられベッドに倒された。由里香は乳房と大事なところを手で覆ったが、はねのけられ、男はむしゃぶりついてきた。頬が上気し、吐息が漏れ、身体を捩《よじ》って隠そうとするが、男はますます興奮して、荒々しく乳房を掴んだ。

「あぁっ、あぁっ」

と声が漏れ、恥ずかしさで顔と言わず全身が赤らんでいくのが感じられた。

身体の芯で、もう一人の自分がじっとこちらを見ているのが、また一瞬感じられた。が、それも束の間、何が何だか分からぬまま、身体全体で男の愛撫に応えていった……。

シャワーでお互いの身体を流した後、タオルでそっと男の身体を丁寧に拭いていった。男はまた由里香にそっとキスをして、

「良かったよ。明日から働いてもらおう」

と言った。

急な話の展開となった。由里香は実家の山形の母が倒れて、今まで勤めていたコンビニエンスストアを辞めざるを得なくなったと店長に申し出た。

店長は驚いたが、由里香が急に抜ける分の店のシステムを変更するため、あと二日はどうしても働いてほしいと言われ、やむを得なかった。

アムールの部長にその事情を話して、三日の猶予をもらった。

体験入店の翌日、部長から借りた五〇〇万円の入った紙袋をしっかり抱えて、由里香は泰三のアパートの前に立った。ちょうど期限の七日目であった。


自分がいては今の泰三の生活の妨げになると思い、身を引いた時の由里香の置き手紙を見て、捜し回った泰三であったが、彼女を見つけられなかった後、生きる気力が失せてしまった。酒と女とギャンブルと……。

みるみるうちに借金がかさみ、気が付いた時には五〇〇万円になっていた。闇金業者の借金の取り立てにヤクザな連中がやってきた時、泰三は、もうどうにでもなれと思っていた。

返済期限の日、泰三は朝から酒を飲んでいた。

（臓器でも何でも持っていきやがれ！　もう俺の人生は終わった……）

扉がノックされた。

（やってきたか、もうどうでもしやがれ！）

泰三の肚は決まっていた。しかしドカドカと連中が入って来るのを待ち構えたが、誰も入って来ない。

何分かが過ぎた。

「えぇい、入って来やがれ！」

と扉を開けた。が、見ると誰もいない。ふと足元を見ると紙袋があった。開けてみると金の束と封筒が入っていた。死んだように冷めていた泰三の心臓がトクンと鳴った。

急いで封筒を破いて、中から一枚の紙を取り出した。


お元気ですか。

あなたは一児のお父さんになりました。名前は亘と言います。

このお金を役立てて、どうか亘を父なし子にしないで下さい。

私は頑張って生きています。

あなたも頑張って生きて下さい。

由里香

泰三は、その場に崩れ落ちた。

「あぁっ、あぁっ」

と喘《あえ》いだが、喉が締め付けられて声が出なかった。
胸の内は涙で溢れ返ったが、目からは一滴の涙もしたたり落ちなかった。
唇は震え、丸めた背中もワナワナと震え、這いつくばったまま立ち上がれなかった。

由里香は九条九三《くじょうくみ》という源氏名で働き出した。朝一番に店が提携している託児所に亘を預け、朝十時から夜の十時まで出勤した。

初めのうちは、受付のスタッフが回してくれる新規の客で、日に一人か二人の客であったが、由里香の初々しさと、全身で応えていく接客態度に好感を持った客のリピーターが、徐々に増えていった。

月曜だけ休み、週六日出勤したが、働き出して一月経つ頃には、金曜や土曜日は、一日中客の切れ目がない日も出てきて、店長も喜び、少しずつ名の知れる女性になってきていた。

由里香の情欲の「餓鬼界」の中の「菩薩界」に、客の「餓鬼界」の中の「餓鬼界、畜生界」が反応し、「人界、天界」へと変化してゆく様は圧巻であった。

九三に出会った客のほとんどが、充たされた気持ちとともに、何か清新な命が湧き上がってくるのを感じるのは不思議なことであった。

五

高田卓也に白状させ、事の次第を知った光は、卓也から聞いた話をそのまま父の隆男に伝えた。

身動きもせず聞いていた隆男は、光が話し終えるとふいに体を反転させ、後ろを向いてしまった。

何も言わない隆男。ただほんの少し、肩が小刻みに震えているように見えた。

暫く経って隆男は、宏児を呼べと光に伝えた。

その日の夜、隆男は宏児と光に伝えた。

「宏児、お前は九十九を、光、お前は剛田を捜し出し、二人がどんな状態なのかを調べ出せ。日にちは、今度は一か月以内にやり通せ。

でないと、きっと高田は九十九と剛田に、満夫の兄弟が自分達のことを調べていると伝えるはずだ。手間取ると捜すのが困難になるだろう。

いいか、絶対に油断するな。満夫は殺されたんや。分かっていると思うが、お前ら二人も命を懸けてやれよ」

「はい！」

と二人は押し殺した声で答えた。

剛田蓮は小学校五年生の時に初めて万引きをして、店員に見つかってしまった。そのショップの店長は、何回も万引きの被害に遭っていたので、すぐに警察と蓮が通っている小学校へ連絡した。

連絡を受けた小学校の担任はすぐに店に出向き謝罪し、迷惑をかけた品物の代金の支払いと、また改めて謝罪に後日訪れると約束して、取りあえず蓮を学校まで連れて帰った。

万引きを見つかってから学校へ連れて帰られるまで、蓮はただうなだれていた。

（一緒に来ていた真二は今頃どうしているだろう？）とただそれだけを思っていた。

自分の息子が、サッカー選手の写真付きのプレミアカードを盗んでいたと担任の先生から聞かされた母親は、いきなり蓮の頬をひっぱたいて、

「蓮、お前はなんて恥ずかしいことをしたの？　物を盗るなんて最低の行為よ！」

と叱った。

「一体いつからそんなことをするような子になったの？　誰にそそのかされたの？」

担任の山川は蓮を問い詰めたが、「自分一人でやった、誰も一緒には行っていないと蓮が言い張っている」と母親に告げた。

母親はもう一度思いっきり頬をひっぱたいて、

「あんたはサッカーなんか興味ないじゃないの！　誰に頼まれたの？」

蓮は怒りの「修羅界」の炎に全身を包まれてしまった。今まで母親からこんなにきつくぶたれたことなどなかった。まして学校で、担任の先生がいる目の前でこんな仕打ちをされるとは。

蓮は、せめて母親は自分を信じて話を聞いてくれると思っていた。それがいきなり頬を打たれ、しかもすごい剣幕でこちらの話を聞こうともせず、二度までも思い切りひっぱたかれた。

（死んでも言うもんか！）

この時蓮は、生まれて初めて人を憎いと思った。「修羅界」の中の「修羅界」と、小さい身体と魂ながらも、狂おしい地獄の苦しみの生命が蓮の瞳を燃やしてしまった。


蓮は楽しい小学校生活を送っていた。友達も多かったが、五年生の時に同じクラスになった浜田真二と、とりわけ仲が良かった。浜田は地域のサッカーチームに入っていて、すばしっこくてよく試合に出ていた。

ある日のこと、蓮と真二が二人で遊んでいる時、真二の方から言ってきた。

「蓮、僕どうしても欲しいサッカー選手のカードがあるんだ。だけどそれはプレミアカードで、僕のこづかいじゃ手が届かないんだ。ちょっと手伝ってほしいんだけど」

蓮には、真二の言っていることがよく分からなかったが、真二について行った。真二はある店に入ると、蓮に、

「このカードなんだ」

と言って、綺麗な写真のカードを指さした。

そのカードにはユニフォームを着た外国人の選手が写っていた。

「僕はレジのおじさんの方を見張ってるから、蓮、その間に頼む」

と言って真二は向こうへ行ってしまった。

（えっ、何？　僕に盗めっていうことなの？）

蓮の心臓はドキドキして早鐘のように鳴り出した。ちょうどその時、蓮の斜め後ろにある従業員の扉が開いたことに蓮は気付かなかった。若い男の店員は、人気のあるカードの前で、何かそわそわしているような、ぎこちない様子の小学生が気にかかった。そっと離れて見ていると、次の瞬間その小学生は一枚のカードを掴むとズボンの右ポケットの中にそれを滑り込ませた。その瞬間だった。

「おい！　何をしている！」

店員に右腕を掴まれた蓮は、一歩も動くことができなかった。


とうとう真二の名前は出さなかった。ただそのおかげで、蓮は父と母からの信用を全く失ってしまった。母からの話を聞くと、父は冷たい眼で、

「いつからお前はそんな強情を張るようになったんだ？」

とポツリと言った。

（いつからって言われたって、ただ母さんが何も僕の言おうとすることを聞いてくれず、何か人前での体裁ばかり気にするのを見てからだよ。反対に僕の方が言いたいよ！　いつからお父さんもお母さんも我が子の話もまともに聞かないで、そんな冷たい眼で見るようになったの？）

蓮は悔し涙を溜めながら、苦しみと絶望の「地獄界」を初めて味わっていた。

その時からだろう、蓮の心の中に無気力さが巣食い、何に対してもあまり反応を示さなくなっていったのは。

それを決定的にしたのは、あの事件の後、蓮が必死で庇《かば》った浜田真二が、蓮を避けて一言もしゃべらなくなり、そのうちサッカーチームで大活躍をして、みんなの中で人気が出てきたことを蓮が知ってからだった。

中学三年生になった時、蓮は既に身長が一八〇センチメートルを超えており、大して暴力を振るうわけではなかったが、教師や悪童達からも少し敬遠される存在となっていた。両親の言うことは全く聞かなかった。

小学五年の事件以来、蓮が生きている実感を持てるのは、万引きなど物を盗む行為をしている時だけになってしまっていた。

回を重ねるごとに手口は巧妙を極め、見つかることはなかったが、よく出入りする店の店員などにはマークされる要注意人物になっていた。

蓮の部屋にお菓子やＣＤや雑多な物が増えていくにつれ、両親の不安は募っていくのであった。

ある日のこと、自分の家から数キロメートル離れた量販店で、ついに蓮は万引きを見つけられてしまった。

実際には、蓮は見つからずに一旦店の外に出たのだが、後を追うようにして店から出てきた、万引きをした若い男にぶつかり、蓮は転んでしまった。

その時、店から追いかけてきた店員と店長が転んでいる二人を見た。若い男はすぐに立ち上がってその場から逃げた。

蓮はゆっくり立ち上がって落としたナップサックを拾おうとすると、ナップサックの口から万引きしたCD数枚がこぼれ落ちた。それを見た店員と店長が不審に思いナップサックを開けさせると、出るわ出るわ、なんと店の品物十品目以上、額にすると十数万円以上の万引きした商品が出てきた。

店としては、万引きを見つけた若い男は取り逃がしたが、それよりも大物の万引き常習犯、剛田蓮を捕まえたのであった。

蓮はボソッと全部自分がやったと罪を認めたため、過去の記録と照らし合わされ、家庭裁判所の審判を受け、少年院送致と決まった。家裁の審判には、学校の教師は立ち会ったが、ついに両親は姿を現さなかった。


蓮が少年院に入所した初日、晩飯の時に、高田卓也と名乗る少年が隣に座った。身体の大きな蓮に、初めのうちは圧倒されたのか、卓也は何も話さず蓮の方をチラチラと気にしているようであった。ただ蓮が何も話さず黙々と食事をしているので、ついに卓也の方から話しかけた。

「俺は卓也と言うんや。歳は十五歳。あんたは何歳なんや?」

いきなり歳を聞かれて蓮は面食らったが、

「お前と同じや」

とボソッと言った。

「何や、同じなんか。身体がでかいからてっきり年上かと思ったわ。同い年とはな。そうか、せっかくやから仲良くしようぜ」

いきなり蓮の肩に手をかけてくる卓也に対して、なれなれしい奴やなと思っただけで、蓮は相手にしなかった。

翌日の作業の時間の時、二人一組で木材を加工する作業があった。その時進んで蓮と同じ組になった相手が、昨日話しかけてきた卓也であった。その時以来、卓也は蓮とペアになれるようにと、何につけすぐに近づいてきた。蓮もそんなに積極的なたちではなかったので、卓也との組なら次第に作業も慣れてきて、気にしないで一緒に作業をしていた。

数日経って、作業が終わって休憩時間になった時に、卓也は蓮をちょっと脇へ連れていった。何の用やと思いながらついていくと、端の壁に大男が凭《もた》れていた。

「九十九亘さんて言うんや。紹介しとくわ。剛田蓮と言います」

と言って卓也は、その大男に蓮を紹介した。

「ワレ、いくつや?」

太い声でその男は蓮に聞いた。蓮は自分よりも大きい男を見たことがほとんどなかったので、少し

気圧《けお》されながら、

「十五歳や」

と答えた。

「同い年か。俺の言うことを聞けよ」

と亘は言った。いきなり言われてムッとした蓮は、何も言わずにその場を立ち去った。何かちょっと嫌な後味を残しながら……。


その日の晩御飯の時にミカンが一つ付いた。卓也は自分の分を食べず、教官に見つからないようにそっと亘に渡した。蓮は何気なくそれを見て嫌な気がした。いざ自分のミカンを食べようとした時に、卓也がこちらを見ていて、亘の方へ渡せというような仕草を示した。蓮は気付かなかったかのように、うつむいてミカンの皮をむいて食べた。

食事が終わって自分のベッドに戻る前にトイレに立ち寄った時、卓也が待っていた。何もしゃべらず小便器の方に向かうと、後ろの大便器の個室から亘がヌッと現れた。蓮は無視して横を通り抜けようとすると、亘は蓮の襟首を掴んで振り向かせ、顔面に一発パンチを見舞った。それだけで目から火花が飛び、蓮はその場に崩れ落ちた。

それからというもの、食事の時にたまに付く果物などは、蓮の口には全く入らず、亘行きとなってしまった。

晴れの日のグラウンドでの自由時間の時、亘はボクシングの練習と称して、教官の目を盗んで卓也や蓮をボコボコに殴りつけた。よく二人の顔が腫れあがっていたが、教官達は、気付かぬふりをしているようであった。

それと言うのも、卓也を練習台にして殴っていた亘に、

「こら！　何をしている！」

と声をかけた教官が、ある時同僚に漏らしていた。

「その時、私の方を振り向いた九十九の冷たい眼は、今にも私を殺してしまいそうで、震え上がってしまった」と。

ある日練習台にされていた蓮が、あまりの痛さに、ついに反撃して亘の顔面を一発殴ってしまった。その瞬間、周りで騒がしくサッカーをしていた連中や、見回っていた教官達も一瞬動作が止まって、シーンと静まり返った。一瞬ハッとした亘は、上着を肩にひっかけて宿舎の方に向かって歩き出した。それと同時に、またサッカーの連中や、周りの人間達の動作や騒がしさが戻った。

その日の夕食が終わって蓮が部屋に戻る前にトイレに立ち寄った時、卓也が待っていた。また嫌な予感がしたが、そのまま小便器に向かった。

その途端後ろから頭を何かで殴られて、蓮の目から火が出た。グラッとした瞬間、両脇を誰かに抱えられて大便器の個室に連れ込まれた。フラフラの状態で、ズボンを脱がされ、尻の穴に何かヌルヌルするものを塗りまくられた。

郵便はがき

料金受取人払郵便

新宿局承認

2524

差出有効期間
2025年3月
31日まで
（切手不要）

1608791

141

東京都新宿区新宿1－10－1

(株)文芸社

愛読者カード係 行

ふりがな お名前		明治　大正 昭和　平成　　年生　　歳
ふりがな ご住所	□□□-□□□□	性別 男・女

お電話 番　号	（書籍ご注文の際に必要です）	ご職業	
E-mail			

ご購読雑誌（複数可）	ご購読新聞 新聞

最近読んでおもしろかった本や今後、とりあげてほしいテーマをお教えください。

ご自分の研究成果や経験、お考え等を出版してみたいというお気持ちはありますか。

ある　　ない　　内容・テーマ（　　　　　　　　　　）

現在完成した作品をお持ちですか。

ある　　ない　　ジャンル・原稿量（　　　　　　　　　　）

書　名				
お買上 書　店	都道 府県	市区 郡	書店名	書店
			ご購入日	年　　月　　日

本書をどこでお知りになりましたか?

1.書店店頭　2.知人にすすめられて　3.インターネット（サイト名　　　　　　　　）

4.DMハガキ　5.広告、記事を見て（新聞、雑誌名　　　　　　　　）

上の質問に関連して、ご購入の決め手となったのは?

1.タイトル　2.著者　3.内容　4.カバーデザイン　5.帯

その他ご自由にお書きください。

（　　　　　　　　　　　　　　　　　　　　）

本書についてのご意見、ご感想をお聞かせください。

①内容について

②カバー、タイトル、帯について

弊社Webサイトからもご意見、ご感想をお寄せいただけます。

ご協力ありがとうございました。

※お寄せいただいたご意見、ご感想は新聞広告等で匿名にて使わせていただくことがあります。

※お客様の個人情報は、小社からの連絡のみに使用します。社外に提供することは一切ありません。

そして硬い棒のような物を突っ込まれた。何回も何回も突き立てられていくうちに、蓮の気力は完璧に萎えてしまっていた。

その日以来、蓮もまた亘の言いなりになってしまった。

蓮が少年院を出る時も、蓮の親は、仕事と体調の悪さを理由に、学校の担任に引き取りを頼んだ。学校側も呆れ返ったが、誰も引き取りに行かないわけにはいかず、担任と生徒指導担当の二人が迎えに行ったのであった。

担任が蓮の家のチャイムを押すと、しばらく経ってから、青白い顔の母親が扉を開いた。担任が、やはりこういう時は親が迎えに来てもらわないと困ると言うと、「体調が悪くて……」と繰り返すだけであった。呆れた教師はすぐに帰っていった。

担任が帰ると、母親は蓮の方を見ようともせず、家の中へ入ってしまった。

自分の部屋に入った蓮は泣いた。

(何故叱ってくれないの母さん！　悪いことをして少年院にまで入ってしまった息子が帰ってきたのに……。一言も言わないで……おまけに僕の顔も見ずに向こうへ行ってしまうなんて……。この先僕は一体どうしたらいいの！)

絶望感だけの途方もない暗闇の「地獄界」に沈んだまま、蓮はベッドにうつ伏して、苦い涙を流し続けた。

蓮が家に帰って数日経った時、父親が家に帰ってこなくなった。もう暫く前から会話もなくなっていたので、母親はあまりショックも受けなかったが、生活費が入らなくなったので、仕方なく近所のスーパーでパートとして働き出した。

中学を卒業した蓮は、遊ぶ金もないので、家から少し離れたパチンコ屋でアルバイトとして働き出した。コンビニ、ネットカフェ、スーパーなどいろいろ当たったが、中卒ということで皆断られた。ただ採用してくれたパチンコ屋も、最初は、面接した店長に断られたのだが、そこをちょうど通りかかった店のオーナーが、蓮の体格を見て「何かの役に立つかもしれん、採用してやれ」という鶴の一声で決まったのであった。

蓮はこづかい銭欲しさに働き出した。他の店員に交じって、店内の掃除、台拭き、客のたまった玉の箱の積み降ろし、トイレ掃除、その他雑用など何でも言いつけられた。ただ体格が誰よりも大きかったので、中卒として見くびられることもなく働くことができた。挨拶や返事の声が小さいなどとよく注意はされたが。

パチンコ店で働き出してから三年目に、蓮は社員として雇ってもらえた。その時から、蓮は家を出て、店の近くのアパートで独り暮らしを始めた。そしてすぐに彼女ができて、同棲生活が始まった。

四年目を迎えたある日、蓮の前に、少年院の出会い以来の卓也が訪ねてきた。仕事が終わってから、

二人で屋台のビールを飲んでいると、卓也が、

「おい蓮、院に一緒にいた時に、痛めつけて病院送りになった奴、覚えてるか？」

と聞いた。

「俺らのせいじゃないぞ。あいつは自殺しそこなって病院に行ったんやないか？」

と蓮が言った。

「ところが、そいつの兄貴がこの間俺を問い詰めに現れて、俺は堪えきれずに、俺達三人で満夫をいたぶった、と白状させられてしもたんや！」

「何やと？」

蓮は持っていたコップのビールを飲み干してフウーッとため息をついた。

「今頃何や？　もう何年も経ってるやろ？　あいつ死んだんちゃうんか？　まだ生きてんのんか？」

蓮は焼き鳥を齧《かじ》りながら言った。

「知るか、そんなこと。そやけどあいつの兄貴は本気やった。俺を問い詰めた時のあいつの迫力は、俺殺されるんちゃうか、と思ったぐらいやから……」

卓也からそれを聞いた後、暫く蓮は黙っていた。

「それで俺らのことも言うたんか？」

鋭い眼で卓也を見返しながら蓮は言った。

「今言うたやろ？　言わな、殺されそうやったって！」

卓也は額に流れる汗を手の甲でぬぐいながら言った。

「ちっ！」

と蓮は舌打ちした。

「もうええわ！」

と蓮は立ち上がって、店の親爺に勘定を払うと店を出て、卓也と別れた。

そのまま家に帰る気になれず、蓮は帰り道の途中にある公園のベンチにドカッと座った。

（あいつは俺と同じように亘に犯《や》られよった。しかも二度までや。もう心がズタズタになって自殺しようとしたんやろ……。

しかし死にきれんで……。その兄弟が今頃何の用や？　弟をそんな目に遭わせた奴を捜してんのんか？　実際やったんは亘や。そやけど俺らも手を貸したからな、共犯や。しかしもう四年も経つぞ。何で今頃やねん……）

ベンチの周囲の緑の木々は、そよ風に葉を揺らしていたが、その風は蓮には届かないのか、額にべったりかいた汗を何回も何回もぬぐわなければならなかった。

卓也に白状させた翌日、光はさっそく、蓮が働いているという「パンドラ」というパチンコ屋に行った。

男の従業員はどうやら八人いるらしい。この男かと思って目星をつけた大きな男は、「山下」と他の店員から呼ばれていたので違っていた。二日目もそれらしい店員はおらず、高田の奴、嘘をつきやがったか、ただではおかんぞと思ったが、念のためもう一日だけ行ってみることにした。

三日目、初めて見る若い男がいた。背が高く、一八〇センチメートルはありそうだった。この男かと思って台で打ちながら観察してみるが、男は誰とも話さず、誰にも声をかけられないので確認の仕様がない。

朝から店に入り、もう夕方になろうとしていたので、ええい仕方がない、いきなり名前を呼んで反応を確かめようと、その男の後ろに立った時、ふいに横の通路から来た男が、

「おい、剛田！」

と押し殺したような声で呼んだ。

剛田と呼ばれた男はビクッとして、その男の方に顔を振り向けたのと同時に、それよりもビクッと身体を震わせた光は、そこからパッと後ろへ下がって二人をやり過ごした。

（あぶないあぶない、もう少しで見つかるところやった。横から声をかけた男は高田やないか？　パチンコ屋で混雑していたから俺は見つからなかったようだ。よし！　これで確定や！　しかし高田が来たということは、奴らにも俺らの行動が知られているということや。これは一刻も早く父さんにこのことを伝えなければ……）

光は急いでパチンコ屋の外へ走り出た。

宏児の方はてこずっていた。

九十九亘がいるはずだと聞いた住所は、「山彦学園」という、親がいない子供達を預かる施設の住所であった。念のために少し聞いてみることにした。

呼び出しのチャイムを押すと、扉を開けて年配の婦人が出てきた。

「こちらの施設に九十九亘という人がお世話になっていませんか？」

と単刀直入に宏児は尋ねた。

婦人は少し微笑んで、

「そういう青年はうちの施設にはいません」と答えた。

「そうですか」

と宏児は呟いてその場を離れた。

さてどうする。もう一度高田から聞き出すしかないか？　と考え込んでしまった。

(ん？　しかし何かひっかかるな。今出て来たおばはん、そういう青年……って言ったな。俺は名前を言っただけや。子供かもしれんやろ？　それに余裕かまして微笑みよった。知らんかったら普通は怪訝《けげん》な顔をするやろ！　何か怪しいぞ。よし、もうちょっと調べたれ)

宏児はそう思って、この施設を調べることにした。

アムールで働くことが決まった時、由里香は今まで亘を預かってくれていた木口に、本当に心から礼を言った。

「今までいろいろな人に助けてもらいながら生きてきましたが、木口さん、あなたにはいくらお礼を言っても言葉が足りません」

由里香の心からの言葉に、

「何を大げさな。わしは何もしとらんよ。この子は生命力が強い。何か自分で生きようとする意志を感じる。ははっ、年甲斐もないことを言うたな。ただ明日から面倒を見なくてもいいとなると、本当に寂しくなるなぁ……」

これも木口の心からの言葉であった。この幼い命の面倒を見るという生きがいは、木口にとって心の張りを持つことができた役割であった。

「本当にありがとうございました」

亘を抱いたまま由里香は深々と頭を下げた。

「またいつでも面倒見るから、良かったら言ってきなさいよ」

斜めから落ちていく陽の光を浴びた木口の笑顔は、何か菩薩のように由里香には感じられた。

真心と真心の触れ合い、慈しみの情愛と情愛の交流ほど、この世の中で美しいものはないであろう。

木口の元から亘を引き取った由里香は、翌日アムールと提携しているひまわり保育園を訪ねた。

アムールから早く出勤するように言われていた由里香は、子供を保育園に預けなければならない事情を話し、店からもう二十万円先に借りることができた。急な申し込みであったが、二か月分の保育費用八万円を先に支払うことで、翌日から亘を預かってもらえることになった。

そして由里香は九三《クミ》と名乗って翌日から働き出した。

漢数字の九と三の組み合わせでクミという名は珍しいので、店長や客からも、どうして九三という名を選んだのと聞かれても、笑って答えないのも何か印象的であった。

六

二年が経った。

由里香はアムールの看板女性となっていた。馴染みの客は何人もでき、控えめだが美しい彼女は、雑誌や業界誌に写真が掲載され、人気女性になっていた。店から借りた五〇〇万円は、二年足らずで完済することができた。貯金も少しできるようになり、二歳半になった亘も元気盛んな男の子に育っていた。

由里香が自身の身体の変調を感じたのはその頃であった。トイレに行った時に、大量の不正出血があったのである。

(あぁっ、今倒れるわけにはいかない。もう私の身体は、私自身は長くないかもしれない。でも今倒れるわけにはいかない)

出血が多かった時はいつも、額に冷や汗を滲ませながら由里香は一人呟くのであった。どうやら内臓に疾患があるのを感じた。しかし怖くて医者には診せられなかった。

(今ここで私が倒れたら、亘はどうなるの?)

彼女は仕事を続けながらも、昼も夜もそのことを考え続けた。

シャワーを浴びて、お互いに服を着ている時に、客の田山が聞いてきた。

「ここは人妻も働いているって聞いたことがあるけど、九三さんは子供いないの？」

「いないです。結婚してませんから」

「そうかぁ。いっぱい声かけられるだろうなぁ」

「全くありません。私なんか……」

「よく言うよ。でも子供がいたら、こういう仕事やりづらいだろうなぁ」

「私の知り合いの女の子で、子供がいて、その子を預かってくれるような施設とかないかなって、悩んでいる子がいるんです」

「子供は幾つくらいなの？」

「確か三歳くらいって言ってたようなんだけど……」

「僕の知り合いの人でね、山彦学園って言って子供を預かる施設を経営している人がいるよ。一度聞いてみてあげようか」

「あっ、嬉しい！　その女の子も喜ぶと思うわ。聞いてみてもらってもいいですか」

由里香はあまり嬉しそうな様子を見せてはいけないと思いつつも、すがるような気持ちで真剣に頼んだのであった。

一か月後にまた由里香に会いに来た田山が言った。

「道田って言うんだけどね、その経営者は。一度、その親子に会ってみてもいいよって言ってるんだけど、どうする?」

「あっ、是非その友達に言ってみます。その道田っていう人の連絡先を教えてもらってもいいですか?」

由里香は、住所と電話番号の書かれた名刺を受け取った。

「その母親は何て名前なの?　道田さんに伝えておくよ」

「あっはい、その人は九十九由里香っていう人です」


由里香は名刺の電話番号を頼りに電話をかけた。

「あの、知り合いの田山さんから施設のことを聞いてお電話させてもらった九十九といいますが」

「ちょっと待って下さい。主人と代わりますから」

電話に出た女性がそう答えた。

「あっ、道田ですが」

「あの九十九と申しますが、田山さんから教えてもらって……」

「あぁ聞いています。一度うちへ来てみますか。気に入ってもらえたら、その時お話ししましょう」

「分かりました。あの、こちらの都合で申し訳ないのですが、三日後の月曜日にお会いできませんか?」

「あぁいいですよ。それでは月曜の十四時にお会いしましょう」

「ありがとうございます。よろしくお願いします」

由里香はひとまず会える約束が決まってホッとした。緊張していたので、道田と名乗る男の、ちょっとまとわりつくような甘い口調も気にはならなかった。

月曜は週に一度休みを取っている日であった。施設の場所は、予め田山に聞いていたので、電車を乗り継ぎ番地を確かめながら、月曜の十四時五分前に到着した。九月初めの、まだ暑さが残る午後であった。

由里香はノースリーブの白いブラウスを着て、スカートも紺色のおとなしい服装にしていた。応対に出た三十代くらいの女性に応接間に通されて道田を待った。

「山彦学園」という表札は木を彫って作られていて、建物の周りは緑の木が生い茂っていた。何ヘクタールあるのか分からなかったが、なかなか広い敷地である。

しばらくしてジュースが入ったコップを盆に三つ載せて、道田が部屋に入って来た。

「やぁ、待たせましたね。よく来てくれました」

縁がメタルの眼鏡をかけた、なかなか長身の、四十代前半くらいの男性であった。

由里香に連れられて来ていた亘は、出されたジュースをごくごくと一気に飲み干した。

「やぁ、これは元気な坊ちゃんだ。どうぞ私のも飲みなさい」

と言って道田はもう一つジュースのコップを亘の前に置いた。亘は由里香の方をチラッと見た。彼女は困ったような顔をしていた。

「さぁ、どうぞ遠慮せずに」

亘はもう一度由里香を見た。彼女は仕方ないといった感じで少し笑みを含んでコクッとうなずいた。と同時に亘は、大人の男と母をかわるがわる眺めながら、もう一つのジュースを飲み出した。

「ははは っ」

と道田は声を立てて笑った。由里香もつられて微笑んでいた。


由里香は事情を話した。

今すぐにとは言わないが、できれば近いうちにこの子を預かってもらえないか。費用は前金で一年分払わせてもらってもいい。この子の身寄りは母の私一人しかいない。実は自分は今、体調不良で近いうちに手術して入院しなければならないかもしれない。もし、我が子の面倒を見ることができなくなったら、長期の入所をお願いすることになるかもしれない。その時はまた改まって費用はお支払いする……などということを伝えた。

由里香は真心を込めて、何とか自分の心を伝えようと必死で話していたので気付かなかったが、道田の眼鏡の奥から光る目は、汗でピッタリくっついた彼女のブラウスの曲線や、また汗で光っている彼女のうなじをじっと見つめていた。


「分かりました。そういう事情でしたら、できるだけのことはしましょう。いつでもいざという時になったら、私に連絡して下さい」

と道田は由里香の話の後に、快く答えた。由里香は体調のこととともに、亘のことが本当に心配でならなかったので、道田の言葉を聞くと、ポロポロ涙が出た。

「ありがとうございます。本当に助かります」

しばらく由里香は道田の手を握りしめて離さなかった。一方、二人が何の話をしているのか分からなかった亘は、退屈になって立ち上がり、部屋の中を歩き回って、飾ってあった熊が魚を捕まえている置物を持って振り回していた。

「これ、やめなさい！　危ない！」

と言って由里香は置物を取ろうとしたが、亘は遊んでもらっていると思って、素早く逃げてしまった。するとドンとその前に立ちはだかった道田にぶつかって、亘は後ろへひっくり返った。置物を亘の手から取った道田の目は笑っていたが、何故か亘は急に泣き出した。すぐに亘を由里香は抱きしめて、

「すみません！」

と謝った。

「なあに、なあに、男の子のすることです。全然気にすることはありませんよ」

と優しく話す道田の声に、亘はどこまでもワーンと泣き続けるのであった。

二か月が過ぎ、夜になると秋の夜長を思わせる十一月のある日、由里香は道田にもう一度電話をする決心をした。不正出血は続き、腰のあたりに鈍い痛みを感じ出したのである。

（まだ元気に動ける今のうちにきちんとしておかなければならない）

そう決めた由里香であった。

「あの、先日お伺いした九十九ですけれど……」

「あぁ、覚えています。どうしました？」

「あの、やはり入所のお願いがしたくて……」

道田の眼鏡の奥の目が光った。

「そうですか。分かりました。今度は坊ちゃんはいいですから、奥さん一人でいらして下さい」

「はい。でも普通の時間帯は来週の月曜まで休みが取れないんです」

「別に平日、仕事を終えられてからでも構いません。うちは夜どんなに遅くなっても構いませんから」

（そう言ってもらって助かった。体の具合から来週の月曜まで延ばすのは都合が悪かった）

「それじゃあ、お言葉に甘えて明日少し早めに仕事を切り上げさせてもらいますから、二十時くらいからでも構わないでしょうか」

「はい、先ほど言った通りです。何時でも構いません。お待ちしています」

「では伺います。ありがとうございます」

電話をかけていた由里香の横で、おもちゃのミニカーを二台並べて亘は走らせていた。

「明日の夜は、ママお出かけだから、亘ちゃん、お利口で寝ていてね」

亘はお気に入りのゴールドのミニカーを走らせていたが、

「どこ行くの？」

と聞いてきた。

「うん、この間、亘と一緒に行った道田さんという人のお家《うち》よ」

今度はレッドのミニカーを走らせていたが、急に母の方に向かって来て、

「僕、あのおじちゃん嫌い！　ママ行かないで！」

と言って亘は由里香に抱き付いてきた。面食らった由里香はバランスを崩して亘と共に後ろへひっくり返ってしまった。

「行かないで！　ねぇママ、行かないで！」

泣きながら抱き付いてくる亘を、驚いて呆然と見つめながら、由里香は亘の頭を何度も優しくなでるしかなかった。


由里香は二十時過ぎに山彦学園のチャイムを押した。ふと空を見上げるとフルムーンが輝いていた。

「どうぞお入り下さい」

空に気をとられていた由里香は、目の前の女性にドキッとした。先日と同じく対応に出た女性であるが、今日は月の光に照らされた横顔が心なしか冷たく感じられた。

応接室に通されると道田はすでにソファに腰掛けて待っていた。

「いやぁ、早かったですね。どうぞお座り下さい」

満面の笑みで由里香は迎えられた。何か音がしたような気がして扉の方を振り返ったが、気のせいであったかもしれない。前のテーブルには、おしぼりとお茶の湯呑みが置かれていた。

「ジュースの方が良かったですか」

「いえ、こちらで結構です、すみません」

ソファに腰掛けた時、由里香はしまったと思った。今日はお店に出た後で来たので、スカートの丈がこの間より短かった。それに気付いて少し露わになった両太ももを隠すようにスカートを引っ張ったが同じであった。

両膝の間に小さなバッグを置いて硬くなって座っている由里香の仕草には気付かぬように、道田はゆっくりお茶を飲んでいた。

「さてお話を伺いましょうか」

「あの、実は体調が思わしくなくて、まもなく病院に行く予定なんです。それで息子を預かってもらえる日を早めにしてもらえないかと……」

道田は落ち着きはらって茶を飲んでいた。

「どうぞ続けて」

この間と違い亘がいないせいか部屋に二人きりということで、少し緊張しながら彼女は話し続けた。

「あの、前にも話した通り……少し長期で預かってもらうことになるかもしれないんで」

湯呑みから手を離さずに、

「いくら長期になっても構いません。息子さんが一人立ちするまででも……」

やっと湯呑みをテーブルにコトッと置いて道田は言った。

「えぇっ、そんなに?」

戸惑いの後、嬉しさで彼女の顔は輝き、一瞬部屋の中が明るく感じられたほどであった。

「ただし、一つ条件があります」

初めて由里香は、道田の話し方が何かねばっこいように感じた。

「私はあなたのお仕事のことを、田山さんから聞いています」

由里香の顔が、今度はトマトのように真っ赤になった。目の中まで真っ赤になって視界もボンヤリしてうつむく由里香の横に道田は座り、肩に手を回してきた。反射的に彼女は飛びのき、扉に向かって走った。ドアノブを掴んで回すが、カチャカチャと空回りするだけで開かなかった。ゆっくり立ち上がって道田がこちらに向かって来た。

「少し我慢してもらうだけでいいんですよ」

彼女は驚きと恐怖のあまり声が出なかった。後ろから肩を掴まれた時、ビクッと震えて全身に悪寒が走った。

後ろから抱きすくめられ絨毯《じゅうたん》の上に押し倒された。ブラウスのボタンは外されスカートはまくり上げられ、太ももを這った指は彼女の股間に近づいた。手足をばたつかせて必死になってもがいたが、大きな身体に覆い被さられて彼女は逃れることができなかった。

涙が溢れてきた。

「ママ、行かないで！」

と泣きじゃくっていた亘の姿が蘇った。

下着を剥ぎ取られ、全身を舐め回され、うつ伏せにされた。絨毯の花の模様が、ポタポタと落ちる彼女の涙で赤黒い塊に変形していった。

彼女のお尻に猛《たけ》り立ったものが突き刺さってきた。激痛が走った。

違う！　そこは違う！　何度も何度も道田はピストンを繰り返した。彼女の乳房を後ろから掴みながら、狂ったように、「おぉ！　おぉ！」と叫びながら……。

その姿は獣そのものであった。

事が終わり、身繕いを済ませた由里香の前のテーブルに、道田は一枚の紙を置いた。

「私も一人の経営者です。約束は守ります。息子さんを預かる契約書です。持っておいて下さい」

言葉とは裏腹に行動は鬼畜のようにおぞましい道田であったが、そんな人間に頼らざるを得ない今の自分の状況を省みて、由里香はまたハラハラと涙が零《こぼ》れた。破り捨てたい思いを抑えて、契約書をカバンの中にしまうと無言で彼女は道田の家を出た。

虫の音と共に暗い道を歩きたかったが、無情にも月の光に照らされた。坂道にさしかかったところで彼女は跪《つまず》いた。無性に泰三に会いたくなった。腹の底から込み上げてくる嗚咽《おえつ》を堪《こら》えかねて、

「おぉっ！　おぉっ！」

と声が出た。由里香の影が坂の下まで長く伸びていた。

夜遅く由里香はアパートの部屋に帰った。亘はゴールドのミニカーを右手に握ったまま寝ていた。両頬には涙の筋のようなものが残っていた。窓を少し開けると、虫の音が聞こえ月の光が射し込んで亘の顔を照らした。

由里香はほつれた髪をかき上げ、亘をじっと見た。どうかこの子だけでも幸せになってほしい……。

七

由里香が置いていってくれたお金で借金を返済した泰三は、今度はいつ由里香と我が息子が帰ってきても大丈夫な状態にしようと心を入れ替えた。足はまだ不自由であったが、持ち前の体力で建築現場の資材運びなど現場仕事を続けていた。

「俺はもう一人じゃないんだ。この俺が……俺には息子がいるんだ……」

そう思うと辛い仕事も苦にならなかった。

賭け事はやめた。女遊びもしなくなった。疲れを癒やすために少しばかりのビールは飲んだ。これだけでも泰三の生活は一変した。部屋の中も、生まれて初めて掃除した。いつ家族が帰ってきても一緒に住める住居に整えた。

だが妻子は戻って来なかった……。

由里香の体調は、二度目の道田宅訪問以来、急変してしまった。精神的ダメージは肉体的ダメージよりも甚だしかった。

何としても我が子と共に生き抜こうという彼女の「人界」の中の「仏界」の生命力だったが、気力の衰えは彼女の意欲をも吸い取ってしまい、身体を蝕んでしまう「人界」の中の「地獄界」へと沈んでいってしまった。


もう父親の泰三のもとへ亘を託しに行くこともできなかった。由里香はたとえ死が訪れても行いたくない行為をとるしか術《すべ》がなくなってしまった。床から起き上がれないのを心配して、

「ママ、どうしたの？」

と不安な顔で声をかける亘を見ながら、道田のもとへ電話をかけた。

「どうしました？」

と、あの声が聞いてきた。

「あの……すみません。体調が思わしくなくて……亘を連れて伺うこともできないんです……。誠に申し訳ありませんが……亘を迎えに来てもらうわけにはいかないでしょうか……」

「……分かりました。私も約束したことは守ります。じゃあ明日の朝十時に迎えにいきましょう」

と道田は答えた。

「あ、ありがとうございます」

今までこんな絶望した気持ちの中で、この言葉を言ったことは、由里香は一度もなかった。

何かがプツンと音を立てて切れてしまったような気がした。

「ねぇ、どうしたのママ？　何の電話？」

まだたどたどしい言葉で問いかけてくる亘の顔を、まともに見られない由里香であった。

ここ数日、食べ物も喉を通らなくなってしまった。ペットボトルのお茶を少しずつ飲めるだけになっていた。

「今日はママの布団でいっしょに寝る」

と言って、亘は今自分の横で寝ている。二歳を過ぎた頃から、小さな自分の布団で眠れることを喜んでいた息子が、何故か今日は、

「ママといっしょじゃないと寝ない！」

と言って聞かなかった。幼い生命ながら何かを感じとっているのか……。おそらく……我が子の寝顔を眺められるのも今日が最後だろう……。

「うぅっ……」

由里香は嗚咽が、身体の奥の芯から次から次へと込み上げてくるのを必死で堪えながら、亘を見つめた。

（あぁっ、もっと早く私がこんなになってしまう前に、あなたのお父さんのもとへ行くべきだった。あの人ならきっと、命懸けで私達を守ってくれただろう。何故それより先に施設のことなんか考えたんだろう。私がバカだった。バカなんて言葉では取り返しのつかないような過ちを犯してしまった……。

また更にあの忌まわしい男に連絡をとってしまった。朝になったら、あの男がやって来る。あぁ……亘をきっと不幸な目に遭わせてしまうに違いない……。何てことを私はしてしまったんだ……。

このままじゃいけない……）

由里香は痛む腰を庇《かば》いながら起き上がった。まだ夜中で電車も走っていない。電話番号案内にタクシー会社の番号を教えてもらった。

「あの、深夜で申し訳ありませんが、タクシーを頼めますか？」

「この時間だと二割増の料金になりますが、いいですか？」

眠そうな声が聞こえてきた。

「分かりました。住所を言います。○○○○」

「三十分くらいで行けると思います」

「分かりました。お願いします」

電話を切って時計を見ると、午前二時十分であった。ゆっくりゆっくり身支度を始めた。ブラウスにおそるおそる袖を通し、スカートを穿こうとして、ゆっくり立ち上がろうとしたら、腰に激痛が走って、

「うぅっ！」

と呻いて、また這いつくばってしまった。

由里香の呻き声に反応して、亘は寝返りを打って体が布団から飛び出した。亘の背中を少し見つめていたが、こうしてはいられない……。

全身に冷たい汗が流れた。痛くてもどうしても立ち上がらなければならなかった。テーブルに手を

かけて膝立ちになり、痛みを堪えながら何とか立ち上がった。やっとの思いでスカートを穿き終えた時は、全身汗でびっしょりになっていた。でも身体は熱くなく、何か少し冷えたように寒気を感じるほどだった。

（とにかく泰三さんのもとに行こう。あの人に会いさえすればきっと何とかうまくいくに違いない。どうして今までそれを最優先にしなかったんだろう。何てバカなんだ、私は。でも今気付いたんだから大丈夫。最後の最後、生命のギリギリの土壇場で気付くことができたんだから、もう大丈夫！　亘、待っててね。必ずお父さんを連れて来るからね。そうしたら亘と一緒に、いつまでも三人で幸せに暮らそうね！）

由里香の顔は幸せに輝いた。その時、

ファン！

と車のクラクションの音が鳴った。タクシーが到着したのだ。

（よし、ゆっくり動こう、大丈夫、大丈夫）

額に汗を滲ませながら玄関でゆっくり靴を履こうとした瞬間、腰に鈍い音がして由里香は崩れ落ちてしまった。

立てない……。

全てが終わってしまったように感じた。

二度目のクラクションが鳴った。

玄関の扉まで五十センチメートル。その場所で由里香は天井の暗い常夜灯を見つめていた。隣の部屋で寝ている亘の寝息が微《かす》かに聞こえていた。

ファ〜ン！

三度目のクラクションが聞こえて、

「つくもさぁ〜ん！」

という運転手の声も聞こえた。しかし、その声に応えることもできなかった。

昔、中学生の時に、国語の授業で習った場面が何故か浮かんで来た。

主人公が地獄の血の池に沈んでいた時に、天上からお釈迦様が垂らした一本の蜘蛛の糸……。今、私の目の前にも、あぁ……どうか……一本の糸よ垂れてきて……。

由里香の眼は涙で曇って何も見えなくなってしまった。

「九十九さん、九十九さん！」

身体を揺り動かされ、名前を呼ばれて由里香は、はっと気付いた。どうやら気を失っていたらしい。視界が戻って見えた男性の顔は、泰三ではなくて道田であった。彼女の身体に戦慄が走ったが、身動きできなかった。

今はもう朝で、亘を道田が迎えに来たらしい。

「ママ！　ママ！」

と心配そうに自分の隣で彼女の腰を揺すっている亘にやっと気付いた。しかし腰のあたりを揺さぶられている感覚は全くなかった。

「やっと気付きましたね。さっき救急車を呼んだから、もうやって来るでしょう。身体は動かさずにそのままにして……」

道田はそう言ったが、由里香は動こうにも身体はビクともしなかった。

（……しかし何故道田は部屋に入ることができたんだろう?）

彼女の不思議そうな目付きを察してか、道田が答えた。

「あぁ、どうして部屋に入ったか、ですか? 私が扉を叩いても返事がない。でもよく聞くと中から、『ママ、ママ!』と子供が泣き叫んでいる声がしたので、これは何かあったな、と思って、乱暴だけど扉の鍵を壊して入ってしまいました」

その時、ピーポーピーポーと救急車のサイレンが聞こえた。道田は部屋から出て、救急隊員を呼びにいった。

（あぁ、亘が私を助けてくれたんだ!）

由里香は起き上がれないので左手で亘を捜し、息子の足に触れたので、

「亘、おいで!」

と言って亘の足を掴んだ。そこへドヤドヤと四人の隊員が入って来た。

「どうしました?」

「ちょっと腰の辺りが痛くて起き上がれないんです」

「分かりました」

二人目の隊員が持ってきた担架を広げた。

由里香の頭の方を一人が、足の方をもう一人の隊員が抱えて、由里香を担架に乗せた。

「ご主人ですか？」

と道田は声をかけられた。

「いえ、知り合いの者です」

「そうですか。一緒に来てもらえますか？」

「もちろんです。救急車の後から、車でついて行きます」

「分かりました。子供さんはどうします？」

「私の車で一緒に行きます」

「お願いします」

「ママ！　ママ！」

亘は泣きながら由里香の側から離れようとしなかったが、由里香が、

「お願い、亘。ママと一緒には乗れないの。おじちゃんの車に乗って」

今生の別れかもしれないと、由里香は亘の瞳の奥の奥の命を見つめながら、言葉を発した。

「いや！　ママ！　ママー！」

亘はひょいと道田に担がれて見えなくなってしまった。

（亘、生きるのよ。どこまでも強く生きるのよ）


由里香は病院に到着し、医師の診察を受けたが、膵臓にしこりのような黒い塊が見つかり、精密検査の結果、悪性のガンだと判明した。もう手の施しようがないほどであった。

道田は診察結果を聞いてから、鎮痛剤の効果で眠っている由里香をチラッと見た後、元気なくしょぼんとしている亘を連れて山彦学園へ帰った。

妻に事情を話し、今日からこの男の子を預かることになったと言った。

「分かりました。さぁ、お腹が減ってるでしょう。こっちにいらっしゃい」

妻の恵子は、小さな元気のない男の子を不憫《ふびん》に思って何か食事をと、居間の方へ連れて行った。かつての晩、道田の向かいに腰掛けたソファに亘は座った。少ししてから牛乳とカステラを盆に載せて恵子が入って来た。

「さあ、お食べなさい」

優しく声をかけられたが、亘は食べる気力がなかった。ただ、ミッキーマウスの絵柄が付いたガラスのコップを手に取って、牛乳を一口飲んだ。冷たい牛乳が喉を通って亘の腹の中に落ちていった。

今までずっとママと一緒にいたのに、何故今自分は、こんな部屋にいるのか……訳が分からなかった。

ただ、何となくママとは、ずっと遠く離れてしまったように感じた。三歳の少年には、この感覚は重く酷《むご》かった。亘は熱が出て、ソファに倒れ込んでしまった……。

第三部

一

十年後。

「亘兄ちゃん、こっちぃ来てー」

七歳になる可奈子が、自分の描いた絵を見せながら、年上の男の子に呼びかけた。呼ばれた男の子は、

「うん、何だい？」

と言いながら女の子のそばへ寄って来る。その声や表情のあどけなさを除けば、知らない人が見たらもう青年かと思ったかもしれない。身長こそ一七〇センチメートルを超えていたが、まだ中学一年生の九十九亘であった。

母の由里香は病院に運ばれた三日後、失意の中亡くなってしまった。道田は、亘を連れてきた日から自分の学園で育て始めたのである。

由里香に対してやや負い目のようなものを感じていた道田は、亘には気を遣って接した。暗く内気な少年であったが、幼心にも自分はここで生きていくしかない……ということを感じたのか、亘は道田の言うことをよく聞いた。

ただ、母と別れて学園に連れて来られた時からしばらくの間高熱が続き、まさに生死の境をさまよ

ったのである。その時、道田の妻の恵子が、付きっ切りで看病に当たり、一命をとりとめた。二か月後にやっと亘の健康状態が安定した時、幼い亘の命も感じたのであろうか、山彦学園で素直に暮らし始めた。

六歳の四月を迎えた時、亘は学園の近くの田島第二小学校に入学した。小学四年生の頃から身長が伸び始め、運動の好きな活発な少年になっていった。

学園には一番年上の中学二年になる大矢邦彦がおり、小学六年の園田順子、そして小学四年の九十九亘、小学二年の迫田一馬がおり、その年の十月に亘より六歳年下の岡本可奈子が入所してきた。

可奈子が入所してきた頃は、年上の園田順子がよく面倒を見てやっていたが、一年経った頃、可奈子が公園で遊んでいた時転んで膝を擦りむいた。その時たまたま近くにいた亘がおんぶして可奈子を園まで連れて帰り、膝に絆創膏を貼ってやった。その時以来、可奈子はよく亘の近くに寄って行くようになった。

「何の絵か分かる？」

可奈子は亘の顔を覗き込んで尋ねる。すぐにウサギの絵だと分かったが、

「う～ん、子豚かなぁ？」

わざととぼけて亘が答えると、

「……」

ちっちゃな顔のほっぺたをパンパンに膨らませて、今にも泣きそうな真っ赤な顔になったので、亘はあわてて、

「あっ、やっぱりウサギだ！　可愛い白ウサギだ！」

と言った。

可奈子は、今度は満月のような笑顔になって、

「どう、可愛いでしょ」

と言って自慢している。

ここは畳十八畳分の広さがあり、皆が大広間あるいは講堂と呼んでいる部屋であった。板間の上にカーペットが敷いてあり、奥にピアノがあり、端にソファと四脚の椅子があり、一つのテーブルがあった。

ここでは子供達が、縄跳びやボール投げ、ダンスなど軽い運動ができる部屋として使われていた。子供達がよく集まる場所で、椅子に座ってテーブルの上で可奈子が絵を描き、邦彦と順子がゴム製のサッカーボールを蹴り、年下の一馬がそのボールをキャッキャッと言って追いかけていた。ソファでは、園長の道田勝が新聞を読みながらコーヒーを飲んでいた。秋の日の日曜日の一コマであった。

中学一年生になった亘が、小学二年生の可奈子の絵を覗き込んでいた。

「園長先生、僕のお母さんはどんな人でした？」

出し抜けに大人びた口調で亘が聞いたものだから、道田は飲んでいたコーヒーにむせてしまった。

「あっ、あぁ、綺麗な人で優しいお母さんだったよ」

「お母さんは、どんな仕事をしていたの?」

今度は、本当にコーヒーを噴き出してしまった。コーヒーがこぼれたズボンをハンカチで拭きながら、

「あぁ、また今度教えてあげるよ」

と道田は答えるのがやっとであった。

(今までこんな質問を亘がしたことはなかったのに、こんなことまで考える年齢になってきたのか……)

と彼はある感慨にもふけるのであった。

写真が一枚もなかったので、亘は母の面影をぼんやりとしか思い出せなかった。道田が優しいお母さんだったと言ったので、きっとそうだったんだろうと思った。だけどもっともっと母のことを知りたかった。

ある日の晩、夕食後みんなが大広間でくつろいでいる時、ソファでコーヒーを飲んでいた園長に近寄って、亘はもう一度聞いてみた。

「園長先生、この間聞いた母の仕事のことを、もう一度教えてもらえませんか?」

道田はじっと亘の顔を見ていた後で、立ち上がって部屋を出てしまった。あれ、何か悪いことを言ったかな? と亘が考えていると、道田が小さな白い物を持って現れた。ソファに座ると、それ(昔、

知り合いの田島からもらった由里香が勤めていたアムールの名刺であった）を見ながら、

「大阪の梅田という中心地にあるシャンデリアという大きなお店で、ダンサーとして働いていたんだよ」

と遠くを見るような目付きをして道田は亘に話してくれた。

「えっ、ダンサーって何？」

と亘は聞いた。道田は少し笑って、

「あぁ、ダンサーっていうのは踊り子のことだよ」

「えぇっ、お母さんは踊ったりするのが好きだったの？」

亘は意外な感じがして驚いた。

「園長先生、お電話です」

隣の部屋から妻の恵子が呼ぶ声が聞こえた。

「分かった。今行く」

と返事して道田は出て行った。テーブルの上には白い紙が残っていた。ちょっとためらった後、亘はそれを覗き込んだ。目に入ったのは「アムール」という文字と電話番号と住所だった。

あれっ？　さっき確か園長先生はシャンデリアとか言っていたが、そんな名前はどこにもなかった。

何か変だなと思って、少し離れたところで何か描いていた可奈子に、鉛筆と紙の切れ端をもらって、亘は急いで電話番号と住所を書き写した。

「お兄ちゃん、どうしたの？」

と可奈子が白い紙を覗き込もうとしたが、

「何でもないよ」

と亘が名刺を元の場所に戻した時に、道田は戻って来た。亘は急いで紙の切れ端をズボンのポケットに入れた。

「お兄ちゃん？」

と可奈子がまだ聞いてくるので、亘はちょっと怖い顔をして睨んだ。可奈子はうつむいて、元いた場所でまた絵を描き出した。

道田は再び母の話を少ししてくれたが、亘の頭には入って来ず、話が終わるまでずっと亘はドキドキしていた。


道田から母の職場の話を聞いた時から、約一年ほど経った夏休みのある日、中学二年生の亘は、かねてから考えていた行動に出た。

それは、もうなくなっているかもしれないが、母の職場を訪ねてみようということだった。

道田はあまり母のことを話してくれない。それなら昔母が働いていた場所を訪ねたら、もう少し何か母のことが分かるかもしれないという思いからであった。

亘は中学生になってから、園長の道田が与えてくれるようになった月に一〇〇〇円のお小遣いを、大切にズボンのポケットに入れていた。

この日まで亘は、電車の駅、運賃などを図書館にあった交通図鑑や雑誌などを読んで念入りに調べていた。目的の駅まで行けば、お店や出会った人に聞いて探してみようと思った。亘は人に尋ねたりするのは苦手であったが、いざとなったら思い切った行動ができる少年でもあった。

読んだ雑誌によると、梅田という地名は、大阪の中心地であることが分かった。山彦学園は大阪の北河内地域の寝屋川市に所在していた。

亘は中学生になっていたが、自分一人で電車に乗ったこともない奥手の少年であった。

調べた通り、まず京阪電車の寝屋川市駅から京橋駅までの切符を買った。電車の行く方向を確かめ、京橋方面へ行く普通電車に乗り込んだ。

八月になって最初の日曜日、昼過ぎのことであった。電車は混んでいて座席は皆埋まっていた。ただ空いていたとしても亘はドキドキして、きっと座席にじっと腰掛けていることはできなかったであろう。

車内は弱冷房車であったが、もう亘は額に汗を滲ませていた。アナウンスを絶対聞き漏らすまいと必死に耳を澄ましていた。

三十分ばかり経ったであろうか、

「次は京橋〜京橋〜」

と車内アナウンスが流れたのでドキッとした。車内は混んでいる。どちらの扉が開くのか分からない。もし降りそこねたらと思うと気が気でなかった。

電車が止まり、進行方向右側の扉が開いたので、そちらに向かおうとしたら、ほとんどの乗客が降りようとしていたので、亘はその流れに沿って降りることができてホッとした。

今度は乗り換えである。彼は駅員がいる改札口に向かい、環状線の乗り場を尋ねた。駅員は身長こそ高いが、あどけない顔の少年の質問に、そんなことも知らないのかと小馬鹿にしたような態度で、

「出て真っ直ぐ行って右！」

とだけ言って顔をそむけた。

ムッとしたが仕方がない。亘は機械に切符を通してまっすぐに進んだ。広場に出たが、右に道はあるが、まだ進むのか、ここで曲がるのか迷ってしまった。と、後ろから来る男の人が急に立ち止まった亘にぶつかりそうになって、文句を言って通り過ぎた。亘は焦りながらどうしようか迷っていたが、通る人の多くは前に進んで行くので、もう少し自分も進んでみようと思って行くと、右手に環状線乗り場の標識が見えてホッとした。

切符売り場で今度は大阪駅までの切符を買った。既に雑誌で見た路線図から、大阪駅と梅田駅とはすぐ近くだと調べ済みであった。

ホームに上がるとすぐに電車が入って来たので、普通電車だということを確認して乗り込んだ。また車内は混んでいて座れなかったが、車窓を流れる景色も緊張してあまり目に入らなかった。アナウンスに耳を集中させながら、三つ目の駅のアナウンスを待った。

二つ目が終わり、いよいよ次の三つ目の駅で降りる。母が昔働いていた場所に立つことができると思うと、胸の鼓動が速くなってきた。

「次は玉造～、玉造～」

流れたアナウンスに亘は愕然とした。しまった、乗り間違えた！　亘は扉が開くと飛び降りた。どうしよう。お金はギリギリの交通費しか持っていない。もう一回切符を買い直したりしたら、足らなくなってしまうかもしれない。せっかく勢い込んで来たのに、もはやここまでなのか。

「どうかしたの？」

亘の後ろで声がしたが、最初は何を言われているか分からなかった。両膝に手を突いてガックリうなだれている少年の姿を心配した女子高生が、後ろから声をかけてくれたのだ。

「どうかしましたか？」

もう一度、その女性は声をかけてくれた。

長い髪が風に揺れている爽やかな少女だ。亘は若い女性に声をかけられたのでドキドキしながら、

「あ、あの……大阪駅で降りようと思ったら……どうやら電車を間違えたようで……」

とか細い声で答えた。

「なぁ～んだ、そんなことかぁ。それだったら大丈夫！　階段を下りて向かい側のホームに上がって、次に来る電車に乗り換えたら大丈夫よ！　後ろから見てたら、がっくりうなだれて動かないから、体の調子が悪いのかと思ってビックリしたじゃないの！」

その少女は亘の肩を軽く叩いて、笑いながら行ってしまった。亘は「大丈夫よ」という声を聞いてホッとしたが、ドキドキしていたので、「階段を下りて……」というところまで聞こえたが、後は聞き漏らしてしまった。とにかく階段を下りたが、また迷ってしまった。

歩いていくと、改札の前に出てしまったのである。すれ違う人に聞こうかと思ったが、皆急いでいて、何だか怖く怒っているような顔をしているようで亘は聞けなかった。またもやこんなことでダメになってしまうのかと、自分が情けなくなってしまった。

「やっぱりね。こっちへいらっしゃい！」

亘の腕を掴んだ女性の声がした。顔を上げると、さっきの少女が亘をグイグイ引っ張っていった。

「あんた、体は大きいけど、幾つなの？」

「あ、十四歳です……」

「ふう～ん、中学二年生か。あんた電車に乗ったことないの？　ハハ、そんなわけないか」

「は、はい、初めてです」

「えっ、ほんとにー！」

少女は笑っていた顔を急に真顔に戻して、「どうして大阪駅まで行くの？」と聞いてきた。

亘は観念して、亡くなった母親が昔働いていた職場が、そこにあったと聞いているので、訪ねていくのだと言った。

「何年前の話？」

「約十年くらい前です……」

「ふ〜ん、あんたそれで初めて電車に乗ったの？」

「さっき、言いました」

同じ質問をされて、多感な少年のプライドを傷つけられた亘は、赤い顔をして答えた。

「あっ、ごめんごめん。ちょっと意外だったから。いいわ。今日は部活があったけど、連絡入れておいて欠席するわ。あんたに付き合ってあげる！」

「あっ、結構です……」

「何言ってるの？　あんた一人だったら目的地に着く前に日が暮れてしまうよ」

屈託のない笑顔を見せて、少女は階段を上り、ホームに電車が入って来るまで、ずっと亘の手を握っていた。

「あなた名前は何て言うの？」

「僕は亘と言います」

「そう、私は南春香よ、よろしくね」

亘は、目的の場所が見つけられるか不安であったが、全くの思いがけない展開に、今やついていくのがやっとで、不安どころではなくなった。少女は目元が涼しげで唇がキュッと引き締まった顔立ちをしていたが、亘はまともに相手を見ることができないでうつむいていた。後ろから見ると、亘は背が高いので、知らない人は若いカップルと思ったかもしれない。

「さぁ、着いたわよ。次はどうするの?」

「住所はここなんです」

亘はズボンのポケットから折りたたんだ紙片を取り出して彼女に見せた。

「大阪市北区梅田〇丁目〇番〇号……アムール……。アムールってお店の名前? どんなお店なの?」

「確か、ダンスをするところとか聞きました……」

南は、亘からどんな言葉が返ってきても、真面目に受け取ろうと決意して、

「分かったわ」

と答えた。


大阪駅の中央改札口を出て、とにかく駅の建物から外へ出ることにした。

八月の夏の午後である。駅構内を出ると、夏の日差しが二人を照りつけた。道を聞こうにもたくさんの人が行き交い、誰も足を止めてくれそうもなかった。取りあえず春香は少し歩いて、番地の標識が出ていないか、目立つ建物はないか探してみようと思った。

「少し歩いて探してみるけど、いい?」

後ろを振り返った春香の表情が頼もしく思えて、亘は、

「はい」

と返事した。少しだけその少女に慣れてホッとしてきている自分に亘は気付いた。

少し歩くと大きな交差点があり、その向こう側の建物に「○○」という大きな看板が見えた。春香は取りあえずそこまで行ってみて、道を尋ねてみようと思った。交差点を渡り、大きな建物の中に入った。

どうやら百貨店らしく、たくさんの客で混み合っていた。化粧品が並べられているカウンターを過ぎて辺りを見回すと、「案内」と書かれたボードを見つけた。

どんどん進んで行く春香を見失わないように、亘は人にぶつかっては、「すみません」と言いながら、必死でついて行った。

「すみません、こちらの住所にあるお店を探しているんですけれど……」

春香は制服を着た綺麗な受付嬢に尋ねていた。

「梅田○丁目ですね。少しお待ち下さい」

にこやかに言って彼女は傍らに置いてあった地図を広げた。じーっと地図を見つめた後で、

「いいですか」

と彼女は春香に地図を見せながら呼びかけた。

「ここは梅田○丁目ですから○丁目になると、この横の化粧品のお店を右へ通り越すと、正面玄関に出ます。そして右へ向いて進むと信号があります。その信号を渡ってまだ真っ直ぐ二つ信号を越えます。合計三つ目の信号を右へ曲がった所が梅田○丁目○番地です。この住所だと○番地だから、かなり中に入ったところだと思います……」

真剣な表情で聞いていた春香は、

「分かりました。その辺りまで行ったら、近くの人にまた尋ねてみます」

と愛想よく礼を言って、また亘の手を引っ張って進み出した。亘は、若い女性に手を引っ張られて恥ずかしかったが、その気持ちより、ここで迷子になってしまったら、もう学園まで帰れないという不安な心が勝って、されるがままに必死でついていった。

信号を三つ過ぎて右に曲がって進むと、辺りは急に一変して、飲食店などのお店が立ち並ぶ通りを二人は歩いていた。更に進むとタバコ屋の小さな看板が見えたので、春香は、

「ここは何番地ですか？」

とその店のおばあさんに尋ねた。

「梅田〇番地だよ。どこに行きたいの、お嬢ちゃん？」

とそのおばあさんは問い返してきた。

「はい、〇番地にあるアムールっていうダンスを教えているお店に行きたいんです」

「〇番地だとまだこの先だけど、この先はホテルなんかがあって、ダンスを教えている店はないよ」

亘は、二人の会話を聞いていて心細くなって、

「もういいです。帰りましょう」

と春香に言ったが、

「何を言ってるの、ここまで来て、絶対見つけるわよ！」

と春香は少し顔を紅潮させながら亘に言った。ちょっと強引過ぎるなと思って、亘はついてきたことを後悔し始めていた。

更に先へ進んで行くと、先ほどとはうって変わって、人の通る数が急に少なくなっていることに春香は気付いた。夏の昼下がりだというのに、辺りは静かであった。一人は女子高生の姿、もう一人は幼いが背丈は高い。若いカップルに気付いた男が、客引きだろうか、声をかけてきた。

「おっ、なかなかやるねぇお嬢さん！　部屋を探してるの？」

春香は、そんな言葉には全く反応せず、

「あの、この辺りにアムールっていうダンスを教えているお店はありませんか？」

春香はかなり勝ち気な女の子のようであった。

「アムール？　おい、お前、聞いたことあるか？」

その男は少し離れたところに立っていた派手な赤のポロシャツを着ている男に問いかけた。

「アムール？　アムールっていやぁ、あの人妻専門店で有名なアムールでしょ！」

「バ、バカ！　そんな店お探しじゃねえよ、こんなお嬢さんが。ダンスホールだよ、ダンスホール！」

言われた赤シャツの男はお構いなしに、

「そんなダンスホールなんてねえよ、このホテル街に」

春香はちょっと、聞いてはならないことを聞いてしまったようなバツの悪さを感じて、顔を赤くしながら、傍らの亘の方をチラッと顧みた。

一方亘は、地に根が生えたように、地面に立ち尽くしてうつむいていた。

どうやら赤シャツの言葉は亘の耳にも聞こえたらしい。春香は少し冗談っぽく、

「ダンスホールじゃないみたいね。どうする？　もう帰ろうか」

と明るく亘に声をかけた。しばらくうつむいたままなので、亘の手を引っ張ろうとしたが、亘はビクともしなかった。

「そのお店まで行ってみたい」

今まで黙っていた亘がポツリと言った。

「えっ、そうなの？　行ってみたい？」

少し考えた後、春香は、

「分かったわ。せっかく来たんだから、とにかく行ってみましょう。間違いだったら帰ればいいんだし……」

今度は、春香は少し不安な様子を見せながら、先ほどの男達にその場所を尋ねて、もう一度亘をチラッと見た後歩き出した。亘は、視線は下を向いていたが、足取りは先ほどよりしっかりしていた。

春香は聞いた通り真っ直ぐ進んで二つ先の角、パルコという大きなホテルを右に折れた。その通りは道幅が少し狭くなっていたが、多くの店が立ち並び先ほどの通りよりも活気があった。人通りもあり、道を教えてくれたような男達が、各店の前に数人たむろしていた。春香達が通り過ぎると、ヒューヒューと口笛を吹く連中もいた。

ついに「アムール」という看板が目に入った。

その店は昼でも賑やかに明るい電飾が目立ち、大きく「人妻専門店　アムール」と看板が掲げられ、綺麗な女性の顔写真が何人か並べられていた。

「どうやらダンスのお店じゃなさそうね。どうする？」

と春香は亘に問いかけた。またも亘はじっとその店の前に立って動かなかった。彼女は少しためらった後、肚が決まったのか、

「そうだったわね。初めて電車に乗るぐらい、あなたにとっては、人生の大事な日なのね。いいわ。中に入って聞いてあげる」

亘が動かないので、春香は一人で、普通の成人男性でも少し躊躇《ちゅうちょ》するかもしれないその店に入っていった。壁の両側に多くの女性の顔写真が貼られた細い通路を入っていくと、中から白いカッターシャツに黒の蝶ネクタイをした男性が現れて、

「ちょっとお姉さん、入るお店を間違えてませんか」

と言ってきた。

「いえっ、ちょっと聞かせてもらってもいいですか」

と彼女は、臆した様子もなく、

「あの、こちらのお店は、十年ほど前はダンスを教えたりするお店ではありませんでしたか？」

と聞いていた。入り口に入ってすぐのところだったので、春香の声は亘にも聞こえていたかもしれ

ない。

「このアムールは、今年で十五年目だから、十年前も今もこういうお店ですよ」

落ち着いた様子でその男性は答えた。春香は亘のところまで戻ってお母さんの名前を聞いた。

「つくもゆりか……」

亘はポツリと言った。

「つくもゆりか、ね。つくもは、どんな字を書くの？」

と彼女は聞いた。

「きゅうじゅうきゅう」

とまた亘がポツリと言った。

店の表まで出て来た男性が、ちょっと興味を持ったのか、

「九十九……？（店長と同じ名字だ⁉）十年ほど前に看板の売れっ子だった女の子に確か九三って子がいたけど、写真があったから見てみるかい？」

と、若い二人に声をかけてきた。

その言葉を聞いた亘は、一瞬でこれほど変わるのかというぐらいトマトのような真っ赤な顔になった。その様子を見ていた春香は、もう後には引けないと思って、

「はい、見せて下さい」

と言って、またその男の後について一人で店まで入っていった。

春香が通された部屋は、茶色の長くて大きなソファが一つ、事務机の横にあった。ここにも壁には、華やかな女性の上半身の写真が何枚も貼ってあった。

しばらくして奥の部屋の扉を開けて、先ほどの男が手にアルバムのようなものを持って現れた。

「どうぞ、そこのソファに座って」

と言ったが、結構ですと言って、春香は立ったままでいた。事務机の前の椅子に座った男は、何枚かページをめくって写真を見ていたが、

「あっ、この子だ」

と言って机にその写真のページを広げて、彼女を手招きした。春香は近寄ってその写真を見つめた。一目で分かった！　華やかでニッコリ微笑んでいる綺麗な女性のその顔に、まだあどけないが、亘の面影が重なったのである。

「あぁっ！」

と春香は思わず声が出ていた。

「この子ですか？」

とその男は更に興味を持って尋ねた。

「いぇ、まだ分かりませんが、どんな人ですか？」

「もう十年ほど前のことだから詳しくは知らないけど、とても人気のある子で評判だったんだよ。ところが……」

男が言い淀んだので、不審に思って彼女が、どうしたんですか、と尋ねると、

「……突然の病気でね、ホントに急に亡くなったんだよ……。みんなビックリしてね。看板女性だったものだから、何か劇的でね。当時は風俗界でも噂になったぐらいで……。だからこんな私でも知ってたぐらいだよ」

とその男は感慨深そうに話した。

「それで、どういう関係なの？　あなた？」

とセーラー服姿の春香の全身を眺めながら、男は尋ねた。

ちょうどそこへ先ほどの赤シャツの男達が扉を開けて部屋へ入って来た。

「あっ、もういいんです。じゃあ、いろいろ教えてもらってありがとうございました」

と急に、何か不安を覚えて春香は扉に向かった。

「まぁ、そう急がなくてもいいじゃない。せっかくここまで来たんだから、もう少し話していこうよ」

と言って赤シャツの男が春香の腕を掴んでソファに押し倒した。

そして別の男が春香の上に覆いかぶさってきた。春香は四肢を思い切りバタつかせて、

「わたるー！」

と懸命に叫んだ。

それまで店の前で、どうしようかと迷って立ち尽くしていた亘は、春香の絶叫を聞くと、バネに弾かれたように店に突っ込んでいった。

店の中に入ると、突き当たりにドアのある部屋から激しい物音がしている。亘は何も考えずにその扉を開けた。

そこには数人の男達がおり、その男達の向こうのソファで、セーラー服を剥ぎ取られてもがいている春香の姿が目に入った。

亘は頭に血が上って前がよく見えなくなったが、前にいる男にぶつかっていき、二人を跳ね飛ばした。

「何だ？」

と赤シャツの男が叫んで振り向くと、亘を睨みつけた。

「しゃらくせえ、このガキが！　おい、こいつもかわいがってやれ！」

赤シャツの男は亘を張り飛ばした。

自分の横に転がって来た亘を、一人の男が両腕を捕らえて、床に組み伏せた。もう一人の男が素早く亘のズボンを脱がせた。身体は大きいがまだ中二の体力の亘よりも、世慣れた男達の体力の方が勝っていた。

亘は今まで感じたことのないほどの怒りで、渾身の力で暴れたが、男達に二人がかりで押さえられ、殴りつけられ、次第に意識が薄れていった……。

朦朧とした意識の中で、今度は尻の穴が裂けるような激痛が走った。亘は完全に深い闇の中へ落ちていった……。

「おい、こいつ、舌を噛み切りやがった！」

「うっ」と言いながら春香の口から血が迸《ほとばし》り流れた。

「うわっ、厄介なことになったぞ！」

と赤シャツの男は言って辺りを見回した。

ちょうどその時、扉が開いて、大柄の男が現れた。男達は慌てて、少女と少年を隠そうとした。

「何をやってるんだ、お前ら！」

入って来た男は睨みを利かせて辺りを見回した。少年少女達を助けることもできず、ただおろおろしていただけの、白シャツに蝶ネクタイの男が、観念したかのように、事の次第をその男に告げた。

男は少女の容態を見ると、

「バカヤロー！　すぐに救急車を呼べ！」

と皆が震え上がるような大声で叫んだ。

男は少女の口元の血を自分のハンカチで拭き取り、血と噛み切って膨らんだ舌で口が塞がり呼吸ができない状態を回避するかのように、少女の口を無理矢理開けさせ、自分の太い指を入れた。少女の歯が、男の指に食い込んで血が滲み始めた。

「早くこの少女と少年の服を元に戻せ！」

周りの男達は言われるがままに、壊れ物を取り扱うかのように、剥ぎ取った二人の服を丁寧に着せ始めた。

十分後に救急隊員が到着した時、彼らは少女の口に指を突っ込んで、指が血まみれになっている男の姿に驚いた。しかし男から状況を聞き、少女の気道を確保していた処置の適切さに感心した。

春香は重体であったが、すぐに救急病院まで運ばれて行った。病院まで先ほどの男が付き添って行った。男は春香の制服の胸ポケットにある生徒手帳を見て、救急隊員や、病院で看護師達に春香のことを聞かれた時に答えた。

すぐに噛み切られた舌の縫合手術が始まった。待機している時に、男は春香の生徒手帳に書かれた番号に電話をかけた。電話には母親が出た。

「娘さんがある事情により、今病院で緊急手術を受けている。事情は会った時に伝えるので、こちらに来てほしい」

と男は伝えた。母親は混乱して娘の状態を何度も尋ねたが、男はすぐに電話を切った。電話で話をしても余計に混乱するだけだと悟っているかのように。


一時間も経たないうちに、春香の両親が駆け付けた。受付で娘の病室を聞き、三階の部屋の前に着いた時、二人の前に出た背広姿の大柄の男が、折り目正しく挨拶をした。

「私は九十九泰三と申します。○○グループのマネージャーをしています。うちの若い者がお嬢さんに怪我をさせてしまいました。一切の責任は私にあります。お嬢さんが元の元気なお姿になられるまで、一切の面倒を見させてもらいます」

と言って、名刺を渡しながら深々と頭を下げた。

名刺を受け取った春香の父親は、更に不安が増したが、相手の丁重な態度に圧倒されて、ここはとにかく相手の話すことをしっかりまず聞こうと心を落ち着けた。

男の話はこうであった。

まず、何らかの用事で娘さんが、うちの風俗店に入って来られた。用事が済んだ時に若い者が娘さんに乱暴しようとした。その時に娘さんは舌を噛み切られた。今は手術室で舌の縫合手術中である。治療には最善の治療を施してもらう。

今回のことは、警察に介入してもらい事件として扱うことが一つ。

あるいは、若い娘さんのことであるし、話し合いの示談で処理し、公にしないで済ますことが一つ。

「どのようにするかは、ご両親お二人でよく相談されてご返事下さい」

我が娘が重傷で緊急手術を受けているという、あまりに不安な非常事態の状況であったが、その男の冷静な態度と落ち着いた言葉に、春香の両親は、取り乱すことなく男の話を聞き終わった。

何故そんな店に入って行ったのかなど、疑問と不安だらけであったが、男に最初に出会った時に感じた誠実な態度と、隠し事をしているようには見えない話し振りに二人は感じ入った。

父親は男を背にして、

「何でこんなことが起こってしまったのか皆目分からないが、とにかく春香が元気な身体に戻ることが全てだ。その後のことは、事件にすると、言われる通り若い娘の将来にとっては良くないような気がする。この男の人の態度も誠実だし、今後のことは全て任せてもいいような気がしているんだが、お前はどう思う？」

と小さな声で言った。母親の方は、この大柄な男が、スーツ姿で丁重に二人に頭を下げ、今も椅子に腰掛けようとせず、廊下の端に真っ直ぐ立っている姿を横目で見ながら、

「話の内容はとんでもないようでおかしなことなんだけれど、あなたの言うように、あの男の人に任せた方がいいような気がするわ」

と言った。父親は頷いて、「よし決まった」と言って男に合図した。

「分からないことだらけで不安一杯だが、あなたの誠実な態度が唯一の光です。まず娘の身体を元の元気な姿に戻してもらうことが全て。そして今後一切、その関わった連中には娘に接触させないこと。このことを保証してもらえますか？」

父親は男の目を見ながら訴えた。

「分かりました。私の命に代えて保証させてもらいます」

と男は言って、父親に頭を下げると、母親にも深々と頭を下げた。

一方、ようやく意識が戻った亘は、自分がソファに横たわっているのに気がついた。

すぐには起き上がれなかった。顔付きは一変していた。純朴な輝きが宿っていた瞳は、一切の希望

を失ってしまったかのように、暗く淀んでしまっていた。

あれほど純真に愛し、恋い慕っていた母親の面影が直感的にすっかり裏切られて、汚れた存在になってしまった。

そして自分のために母を探そうと骨を折ってくれていた可憐な少女が蹂躙《じゅうりん》され、その少女を守ることもできなかった自分の不甲斐なさ、無力感……。

そして自分も獣のような男達に襲われてしまった屈辱感、虚脱感……。

何もなくなってしまった……。

今まで純朴に育ってきた、亘の多くを占めていた平静な「人界」の生命感が……。

絶望の苦しみの「地獄界」へ……。

怒りと悲しみの「修羅界」へ……。

憎しみと復讐の「畜生界」へ……。

自分をこんな目に遭わせた彼らを傷めつけてやりたいという狂おしいまでの「餓鬼界」へと変わっていた！

亘はむっくりと身体を起こした。と同時に尻の辺りに焼けつくような痛みを感じて、思わず「うぅっっ」と呻き声が漏れた。

すると部屋に一人だけ残っていた蝶ネクタイの男が、亘の様子に気付いて近寄ってきた。亘はふらっと立ち上がった。見ると亘のズボンの尻の辺りに赤黒い血の跡がべっとり付いていた。

それを見た蝶ネクタイの男は、隣の部屋にいる男を呼んだ。

「この様子を九十九さんに見られたら、また大変なことになる。早く着替えのズボンを持って来い」

「分かった」

と言われた男は、急いでまた隣の部屋に入って行った。

亘はまだ頭がフラフラしていて、男達が何を喋《しゃべ》っているのか分からなかった。

心は虚脱感と怒りで支配され、一刻も早くこの部屋から抜け出したかったが、身体が思うように動かない。蝶ネクタイの男に肩を掴まれているので更に動けなかった。

もう一人の男が替えのズボンを持って現れた。

「おい、着替えろ。ズボンを脱げ」

とその男は言った。しかし亘の耳には、ボワワ〜ンと何か音が響いているだけで分からなかった。

亘はフラフラとずっとそこに立っているだけなので、その男は亘のベルトに手をかけた。

「ウォオ——ッ！」

と亘は獣のような声を上げて暴れた。しかしまだ身体の機能が回復していないのか、酔っ払いが手足をバタつかせているような状態であった。

一瞬、叫び声にひるんだ二人の男であったが、亘の様子を見て、もう一度蝶ネクタイの男が亘の身体を押さえ、もう一人の男がズボンを脱がせて持ってきたズボンに替えさせた。

「ちぇっ、世話をやかせやがるぜ！」

と男が言った時、蝶ネクタイの男の携帯が鳴った。

「あっ、九十九さんですか。先ほどはどうもすみませんでした。

あっ、はい、少年の状態は……先ほど気がつきました。はい、容態は大丈夫そうです。

えぇっ、本当です。……そうですか。分かりました。了解です。ご心配なさらずに……では、お気をつけて下さい……」

と言って電話を切った。

「何て言われている？」

ともう一人の男が聞いた。

「女の子の状態がまだ分からないので、今夜は付き添いで帰れないかもしれないそうだ。少年には絶対に危害を加えずに、しっかり面倒を見てやれ、と言われた」

と蝶ネクタイの男は答えた。さてどうする？　と二人は顔を見合わせた。

亘は一刻も早くこの部屋から外へ出たかったので、

「ここから出してくれ！　帰らせてくれ！」と叫んだ。

「お前、大丈夫か？　どこへ帰るんや？」

と亘の肩をしっかり掴んでいる蝶ネクタイの男が聞いた。

「寝屋川の山彦学園」

「寝屋川のどこや？　山彦学園、何やそれ？　普通の家と違うんか？」

もう一人の厳《いか》つい男が尋ねたが、それ以外は何も答えない。フラフラして亘はまた長イスに座り込んだ。また一瞬「うぅっ」と呻き声を漏らした。亘から少し離れて二人の男はまた相談し始めた。

「おいどうする？　九十九さんがこの少年の様子を見たら、またどやされるぞ。今のうちに帰してしまうか。しかし住所だけはきちんと押さえておかなあかんぞ。お前、パソコンで寝屋川の山彦学園で調べてみぃ」

と蝶ネクタイの男は言った。

「分かった。ちょっと調べてみるわ」

と言って男は隣の部屋へ入って行った。亘は、「早く帰してくれ！　この部屋から出してくれ！」とぶつぶつ呟いていた。

しばらくして扉が開いた。

「おい、分かったぞ。児童養護施設山彦学園として寝屋川市○町にあったぞ」

男が得意顔で現れた。

「そうかぁ。施設のガキか」

蝶ネクタイの男はそう言って、ソファでぶつぶつ言っている亘の方を見た。

「よし、今のうちに施設まで送り届けて、あとの面倒は施設に任せた方が楽や。今のうちに送り帰そう。場所さえ押さえておけば、あとで九十九さんには何とでも言える。お前、車を用意しろ」

と男に伝えた。

「分かった」

と言って男は出て行った。


こうして日曜の朝早く、学園を期待と不安の気持ちで出た亘は、顔付きも命の中も全く変わった別人のような姿になって、午後五時過ぎに学園の前で、車から降ろされた。

亘の変化に一番先に気付いたのは小学生の可奈子であった。家のドアを開けて帰って来た亘に可奈子は、

「おかえり、お兄ちゃん！」

と声をかけて亘のそばへ寄っていったが、

「キャッ！」

と叫んで泣き出した。青白い亘の顔が、別人のような厳つい顔になっていることにびっくりしたのである。


その日以来、亘は家の誰とも話をしなくなった。夏休みが終わるまでの残りの十日ほどは、全く家から外へ出ず、ほとんど自分の部屋からも出ず、ベッドで寝ていることが多かった。負傷した体が回復するまで、じっと自分の巣の中に留まっている獣の様《さま》に似ていた。

救急車で病院に運ばれた春香の手術は五時間ほどかかったが、無事成功した。

幸い噛み切られた舌はあまり傷が深くなく、血は多量に出たが、四センチメートルほどの縫合手術が施された。後は、舌が完全に元通りに戻るまで、感染予防と食事介護に細心の注意と時間がかかるということであった。

九十九は両親立ち合いのもとで、担当医師から手術の経過とこれからの処置を詳しく説明を受けた。費用はかかってもいいから、個室での完全看護の治療を施してくれることを、両親の前で担当医師にお願いした。医師も了解し、両親も納得したようであった。個室に移された春香を見届けて、翌日また見舞いに来ることを両親に約束して九十九は病院を出た。

二十三時を回っていた。軽い疲れを感じたが、もう一人の少年のことが気にかかって九十九は事務所に向かった。


営業していた風俗店を二十三時で閉めて、九十九から今から戻ると連絡を受けた蝶ネクタイの男が、一人事務所に残って待っていた。

二十四時を過ぎて、九十九は戻ってきた。

「少年はどうした？」

部屋のドアを開けるなり九十九は男に尋ねた。

「はい、あの後、少年の方も病院に連れて行こうとしたのですが、大丈夫だ、一人で帰れると言いまして……」

と九十九の顔色を窺いながら、男は話を続けた。

「一人で帰すのは心配だ、送り届けてやる、住所はどこだ？　と聞くと、寝屋川市にある児童養護施設だと言いまして……」

その時男は、何か九十九の目が少し光ったような気がした。

「何、養護施設？」

「はい、住所も控えています。そしてそこまで私と健二が送り届けまして、施設長に挨拶しようとしましたら、お願いだからそれはやめてくれ、と少年がえらい勢いで頼むので、挨拶はやめました……」

「何、そのままにしてきたのか？　まあいい、住所は控えてあるな。今の話が本当かどうかはすぐ分かることだ」

と九十九は男をじっと見た。

「嘘なんて言ってません。本当です」

と男は額の汗をぬぐった。「寝屋川市○町　山彦学園」と書かれた紙片を受け取った九十九は何か考え事をしているようであった。

春香は自分の容態が回復すると、すぐにあの時知り合った少年のことが気になった。

一体どうなったのだろう。

両親にどうしてそんな店を訪ねたのかと聞かれた時に、ありのままを話した。その時に、もう一切その少年やあの店の関係者とは、接触を持たないでほしいと言われた。両親の心配する気持ちもよく分かった。しかし、あの純朴な少年のこともすごく気にかかった。

病院に入院して一か月が経った時、春香は度々見舞いに訪れる男性に聞いてみた。

「あの、私と一緒にいた少年はどうなったでしょうか？」

男は初めて春香から声をかけられたのに驚きながらも、優しく答えた。

「あぁ、あなたもだいぶ良くなられましたね。良かった。あの時の少年ですが、ちゃんとあの後送り届けて、今は元通り学校に通って日常生活に戻っていますよ」

と春香に微笑みかけた。

（どこに住んでいて、更にどんな様子なのか）と喉元まで質問が出かかったが、その時病室の扉が開いて母親が顔を出したので、春香は言葉を呑み込んだ。

二

「樫原先生来て下さい！　また九十九が暴れてます！」

中学二年生担当の、数学の元山が、職員室にいる生徒指導担当の樫原を呼びに来た。

「また亘か！」

と言いながら樫原は脱兎の如く駆け出した。

場所は校庭の隅のバスケットゴールの後ろだという。樫原が駆け付けると、三年生の黒田に馬乗りになって亘が殴りつけているところであった。

「こら、亘！　やめんか！」

樫原は飛び込んで行って力ずくで黒田から亘を引き離した。巨漢の体育の教師の樫原であったが、亘の方が更に十センチほど頭が上に出ていた。三年男子十数人が周りを取り囲み、その横に二年生数人が立っていた。

「黒田は三年の林先生に話を聞いてもらえ。亘！　一緒に来い！」

遅れて駆け付けた黒田の担任の林が黒田を連れて行き、亘は樫原の後についていった。

「一体、何があったんや？」

生徒相談室の椅子に腰掛けた途端、樫原は亘に問いかけた。殴られたのか左頬を少し赤く腫らした

亘は、

「俺は何もしとらん。向こうが殴ってきたので殴り返しただけや」

とボソッと言った。

「そんなわけないやろ。何で殴ってきたんや？」

と樫原は更に問いかけた。亘はそれ以上口を開こうとしない。いろいろ問いかけたが埒《らち》が明かない
と業を煮やしだした時、扉を叩く音がした。開けると林と元山が手招きで樫原を呼んだ。

黒田や、周りにいた二、三年生に聞いた話を総合すると、黒田ら三年男子数人がバスケットゴール
のところで遊んでいた。そこへたまたま通りかかった亘ら二年生のところにボールが転がっていった。

黒田が亘らに「ボールを取ってくれ」と言ったが、亘らは無視して通り過ぎた。そこで黒田が亘の肩
に手をかけて、

「おい、こら待てや！」

と言ったら亘が、

「何や！」

と睨み返したそうだ。そこで黒田が亘に殴りかかって、喧嘩が始まったということらしい。

「何や、黒田の方から殴りかかってんのんか……。それで黒田はどう言うてる？」

黒田から事情を聞いていた林が答えた。

「もうええ、言うてます。九十九は下級生やからもう手出しはせえへん、言うて……」

「うぅ～ん、信用できんなぁ。さっきは、その下級生に馬乗りにされてるところを同級生に見られとるしなぁ」

と言って樫原は顔をしかめた。黒田の家は父親だけで、連絡しても学校に出て来たためしがない、と林が言っているし、一方の亘の方は、施設から登校していて、こちらも親代わりの施設長は学校に出て来ない、と言う。

「う～ん、仕方ないなぁ。どちらも、もう関わらないということで、収めるか」

と樫原は二人に言って、相談室に黒田を呼んで来るように林に告げた。

数分後、樫原は亘と黒田に、二度とお互いに揉め事を起こさないと約束させて、二人を解放した。

立ち会った元山と林が「心配ですね」と樫原に言って、

「あぁ、もう一回は必ず何かあるやろな。その時の対処の仕方を、今から考えとかなあかんな」

とため息をつきながら樫原は呟いていた。


亘は、夏休みの間に一体何が起こったんだろう、とみんなが思うほど、二学期にはガラリと人が変わった様子で登校してきた。

まず、周りの者が話しかけても、ほとんど返事をしない。何か気に入らないことがあるとすぐに手を出す。その結果、今まで気軽に話しかけていた同じクラスの女子は、怖がって誰も近づかなくなり、反対にやんちゃな連中が、金魚のフンみたいに亘の後にゾロゾロくっついて行くようになった。ただその連中は、亘によく殴られたりしていたが、不思議にその数は減らなかった。

トラブルを起こすたびに学校から電話がかかってくるので、もう施設長の道田は電話に出なくなり、代わりに妻の恵子が対応に当たっていた。


樫原達が危惧していたことは、二日後に起こった。

取り巻き連中と別れて一人になった時、亘は後ろからバットで頭を殴られた。目から火が出てグラッときたが倒れなかった。一瞬にして修羅の命が燃え上がった。すぐに振り返ると、その男を蹴り倒してバットを奪った。

山彦学園までの帰り道で、横に公園のある薄暗い道である。周りを見ると、他に四人の男達がいた。亘がバットを持ったので、すぐにはかかってこない。街灯のない暗い中でよく見ると、一番奥で頭一つ出ているのが、どうやら黒田のようであった。

黒田は三年生の中で番を張っている。故に、下級生の亘にやられたままでは収まらなかったのであろう。ただ、亘も一月前の純朴な彼ではなかった。絶望と屈辱の縁に立たされた時に、命の底から湧き出た修羅の世界を経験していた。今の亘にとってその命は、日常茶飯に出現するようになっていた。

体勢を立て直した亘は、真っ先に黒田に向かって行った。途中で横から突進してきた男をバットで払った。グシャッと変な音がした。急に向かって来た亘に、黒田は少し動揺したが、手に持っていたバットを振り下ろした。亘は素早く避《よ》けると、空振りした黒田が前のめりになり、バランスを崩した。

そこへ一撃、黒田の横腹へ亘のバットがめり込んだ。

「うっ！」

と呻いて黒田はその場へはいつくばった。

大将がやられると呆気ない、あとの二人の連中は逃げていった。

亘は、頭が冷たいので雨かと思って手をやると、べったりと血が付いた。

最初の一撃で頭を割られていたのか？　血を見て亘は更に逆上した。修羅の怒りの命が猛り立った。

うずくまっている黒田の襟首を掴むと、公園の中へ引きずっていった。一八〇センチメートルに近い黒田を一九〇センチメートルに近い亘が抱えていった。黒田はもがいたが、引きずられた。

絶望と怒りの命はここまで強いのか。公園のトイレの中で黒田はズボンを剥ぎ取られた。獣と化した亘は吠えていた！　暗い闇の公園の中で、獣のような咆哮《ほうこう》がいつまでも響いていた……。


二日後、黒田の父親が突然学校にやって来て、転校手続きを取り、黒田は転校していった。そして黒田の仲の良かった三年生の男子生徒達が、皆大怪我をして数日学校を休み、彼らは暴漢に襲われたなどと噂が立った。

そして亘も頭に包帯をして登校していたが、樫原達教師連中は、あえて亘に何かあったのか、などと聞かないようにしていた。

三年生になっても亘の度重なる傷害事件は後を絶たなかった。警察にも何件かは連絡されるようになった。

そして、他校生とトラブルになった時、亘は相手の番長の足の骨を折る大怪我を負わせてしまった。その時に被害届を出され、ついに亘は少年院送致となってしまったのである。

施設長の道田は、この時に我慢の限界となり、

「少年院を出てきたら、もう追い出してやる。面倒見きれん！　もう一切対応するな！」

と妻の恵子に言い放った。

亘は少年院に入所した。そして入所して一週間も経たないうちに、卓也と蓮という少年を自分の言いなりにしてしまったのだ。

そんな時に満夫が入所してきたのである。

満夫はキリッとしていた。他の者と違って、入所したことを後悔しているような暗さがなかった。その様子が癪《しゃく》に障った卓也が蓮を誘い、満夫にちょっかいを出した。卓也や蓮がしかけるちょっかいにも平然と対応している満夫を見て、亘は自分の手下がバカにされているように感じた。そこで乗り出したのである。

満夫が自殺を図り救急病院に運ばれてきた時、病院長は義務として、事件性があるかないかは別にして、警察に届けを出した。そこで刑事達が二人やって来て、少年院の職員や病院の医師達に職務質

問をした。少年院の院長にも質問した。

「分かりました。状況は本人が自殺を図ったように見えますが、何故そうなったのか、入所している少年にも少し尋ねてみたいので、二、三人同じ年頃の少年はいますか？」

「はい、よければ入所している者全員に聞いてもらっても構いません」

と院長は積極的に協力する態度をとった。

結局五人の少年が呼ばれ、その中には卓也、蓮、亘の三人も含まれていた。職員や少年達の話を総合しても、満夫は皆と離れて一人でいることが多く、よく分からないと少年達は答え、職員達は声を揃えて、満夫は入所した初日からふさぎ込んで元気がなかったと答える者が多かった。刑事の一人は、職員達が口を揃えて同じような答え方なのにやや不自然さを感じたが、確定的な事件性を裏付けるような証拠が出て来なかったので、本人の自殺未遂として処理されてしまった。

卓也、蓮、亘の三人は特にこの件について何も話し合わなかったが、自分達が満夫を自殺に追いやった原因であることは百も承知していた。その後、三人が退所していくまでは、ほとんど三人一緒に行動をとることはなくなっていた。

ただ三人が退所する前に一度だけ亘に呼び出され、それぞれの連絡先を教え合ったということはあった。

春香は三か月の病院での治療の結果、舌もほとんど元の状態に戻り、退院できるようになった。入院費や治療代は全額泰三が支払い、退院に際して慰謝料として一〇〇万円受け取った両親は、今後一切関わりを持たないという条件のもとで了承した。入院中に何回か見舞いに訪れた泰三の態度が、最初の誠実さと変わりなく貫かれていたので、両親は納得した。春香は、あの時の少年のことがとても気にかかったが、両親にこれ以上心配はかけたくないので、一切関わらないということを、しぶしぶ了解して退院していった。

一方、亘の状況は定期的に、男達から泰三に報告されていた。初めの方の報告は特に変わったことはないというものだったが、二、三か月経ってからは、急に暴力事件を度々起こすようになっていると聞き、泰三は少年のことが気になってきた。

そして三年生になって、ついに、少年が少年院に入所したと聞いて、暗澹《あんたん》たる気持ちになってしまった。

うちの男達と関わったことが、その後の少年の人生を大きく変えてしまったと思えてならなかった。

三

九十九泰三は、由里香が戸口に残してくれた五〇〇万円の金と置き手紙によって蘇ったのだった。借金を返済し、酒も女遊びも断った。

まず、引きずる足のリハビリを開始した。毎朝四時に起床し、二時間かけて土手の道を往復した。最初は暗い砂利道を痛む足を引きずり引きずり歩いていたが、その痛みに耐えることが、今までの自分の悪事への償いと思って耐え抜いた。そして二か月ほど頑張り抜いた結果、ほぼ足を引きずらないで歩行できるまでになっていた。

次は仕事である。体力には自信があった。ただリハビリ中もずっと考えていたことは、どうやってあの多額の五〇〇万円というお金を由里香は都合することができたのだろうということであった。ましてや第一子が生まれたと書いてあったではないか。そんな手のかかる、身動きの取りにくい状態で、女性が多額のお金を手に入れることのできる職業……ということを考えると、考えたくもなかったが、おのずと答えは見つかった。

泰三は仕事探しを風俗業界に求めた。あわよくば、仕事をしながら何とか由里香を見つけることができれば、という思いだった。

ただ、自分が由里香のことを思って、あえて冷たい仕打ちをしたことが、彼女が去った結果になったのだったが、あの清純な由里香が、風俗に頼らなければならなくなったかもしれない、という結果を思うと、やり切れない思いで、泰三は身を引き裂かれるような気持ちだった。

ただ、いま力が漲《みなぎ》っているこの俺が、地獄の苦しみに耐えているであろう由里香の頑張りに、応えなければならない。そのことを思えば何でもできるはずだ……。

泰三は大阪・十三《じゅうそう》にある人妻専門の風俗店に勤めることになった。


身長一八〇センチメートルを超え、体力も面構えも一角《ひとかど》のものであったが、泰三は使い走りからやらされた。しかし、自分よりひと回りも若い者から言われたことでも、二つ返事でこなしていった。最初は皆から不気味がられたが、あまりにも素直に言うことを聞き、更に力もあり、使える存在なので、すぐにみんなに受け入れられ、周りの者とも馴染んだ。若い頃やんちゃをし、散々遊びまくったので、酸いも甘いも何でも来い、であった。

泰三はすぐに頭角を現した。勤めて一年目には、十三「アムール」の店長代理となっていた。しかしその間にもいろいろと情報を捜したが、由里香に繋がるものはなかった。

そして、勤めて三年目に、泰三は梅田「アムール」の店長として勤務することになったのだった。

無我夢中で仕事をしてきた三年間であった。その中でも在籍している女の子の写真を調べたり、知り合いになった他店の店長さんにも聞いたりしたが、なかなか由里香という名前の女性には繋がってこなかった。

そしてある日。

「しかし、あのクミっていう女の子は惜しかったなぁ。人気のある娘だったのに……」

「あぁ、あの若さと美貌なのに、身体は病に侵されていたとはなぁ……」

店員達が話しているのを、聞くとはなしに聞こえてきたのが気になったのか、泰三はその男達に声をかけた。

「そのクミって女の子はどうしたんだ?」

泰三にいきなり声をかけられたので、びっくりしながら店員の山下は答えた。

「えっ、店長、ナンバー2のクミさんのこと知らないんですか?」

「アホ! 俺は十三にいたんや。知ってるわけないやろ。どうしたんやと聞いてるんや」

と珍しくちょっとムキになりながら泰三は更に尋ねた。

「ええ、うちの看板のクミさんが、急に膵臓がんで亡くなったんですよ」

と山下は残念そうな顔をして言った。

「ええっ、がんで! 可哀想になぁ……。身寄りはあるのか?」

「いえ、身内のことは何も聞いてないです。また身上書にも何も書かれていません」

と事務を担当している大久保が答えた。

「そうかぁ。そのクミさんの写真か何かあるか?」

「そこの壁に張り出してあるのが、クミさんの写真ですよ」

言われた泰三は、ちょっと頭をかきながら、壁にある写真をじっと見つめた。

途端に彼は、己が心臓をわしづかみにされたように、心臓がギュッと縮んでいく心地がした。

驚いて声が出ない……。少し化粧が濃いが、若く美しく華やかな女性の顔は、まさしく由里香であった。

ガバッと席を立つと、

「今、何と言った？　この女性は亡くなったと？」

泰三は喘ぎながら、しわがれた声で尋ねた。

「ええっ、店長がこの店に来られる、つい三日前に……」

「葬儀とかは、どうなったんだ？」

彼は小刻みに身体を震わせながら聞いていた。

「クミさん、体調が急変した時に、救急車で病院まで運ばれたらしいんですが、その時一人の男性が付き添っていたそうです。その人が簡単に葬儀を済ませたみたいで……」

「どこで？」

「分かりません」

泰三は崩れ落ちた。人生に残っていた唯一の希望が、こんな形で崩れ去ってしまうとは、あまりにも呆気なかった。

「彼女の身上書を見せてくれ」

か細い声で告げる泰三の様子に驚きながら、「分かりました」と言って大久保は隣の部屋に書類を探しに行った。

ほどなくして現れた彼から書類を受け取ると、泰三は隣の部屋に入り、鍵をかけた。

シーンとして物音一つしなくなった。五分ほど経っただろうか、泰三の様子が気になった大久保は、扉をノックしようか迷っていると、急にドアが開いたので、イタタッと鼻を押さえた。

「ちょっと出かけて来る」

とだけ言って、泰三はコートをひっかけながら急ぎ足で出て行った。

赤くなった鼻を押さえながら大久保は、

「あんな九十九さんを見るのは初めてだ。どこに行くかも告げないで……」

と呟いていた。

九条由里香　二十九歳　大阪市此花区……。

由里香が書いた文字が涙で見えなくなってしまった。「源氏名　九三」という文字を一目見て泰三は、九十九の「九」と泰三の「三」からちなんで付けたとすぐに分かった。

あぁ……由里香……。

どれだけ会いたかったことか！

泰三はハンカチを口の中に詰めて嗚咽を押し殺した。由里香は今際《いまわ》の際《きわ》に、息子のことを、俺のことをどう思っていただろうか！

あぁ……もう取り返しがつかない。泰三は絶望の「地獄界」の苦しみの氷の海に深く沈み込んでしまった……。

何時間経っただろうか。苦しみのどん底に落ちてしまうと、一秒が一時間にも感じられるのかもしれない。

真っ暗闇の海の底に一掴みのぼやけた光が現れた。

泰三は気付かない。目も開かない。その光にも気付こうともしない。

視覚も聴覚も五感も六感も働かなかった。

その重たい闇の中に沈んだ泰三に、どこか命の奥の隅の方から囁きが鳴っていた。

小さくか弱く……。途切れ途切れに……。小さくか弱く……。

ホギ……ホギ……ホギ……ホギャ……ホギャア……ホギャア……。

六感が働かない泰三の全身がブルッと震えた。

「ホギャア！　ホギャア！」

聴覚が感じた。視覚も微かな光を感じた。

やがてぼんやりだが、光がやや大きくなり、形を伴ってきた。

海の底の真っ暗闇の中、目を凝らすと、一つの形が見えた。聴覚と視覚が一致して捉えたものは、泣いている赤ん坊の姿であった。

その途端、弾かれたように、泰三は飛び上がった。海の底の「地獄界」の、苦しみの重いどん底から跳ね上がった。

「俺にはまだ息子がいる！」

泰三は我に返った。絶望のどん底の中に、一つの光を見せてくれたのは、由里香だったのか。

由里香の命を感じる！　由里香の命を感じる！

（あなたには息子がいます！　守るべき息子がいます！）

まぎれもなく由里香の命が発する声を泰三は聞いた。

どれほど時間が経ったのか分からなかったが、身上書とコートを掴むと、泰三は部屋を飛び出したのだった。

車に乗り込むと、泰三は由里香の住所をカーナビに入れ発車した。

何をどうするつもりかもはっきりしていなかった。ただ一つの手がかりにしがみついた。

「目的地周辺に到着しました。音声案内を終了致します」

とナビが告げた辺りで泰三は車を停めた。

辺りを見回すと、右手少し奥に二階建ての木造アパートが見えた。その周りは倉庫や駐車場や空き地であった。由里香が住んでいた可能性のあるアパートに泰三は向かった。

一階に八室、階段を上がると二階に八室。表札はない。辺りは薄暗くなり始めた夕暮れ時である。

よし、一軒ずつ当たろう。

まず一階の端の部屋をノックした。三回ノックしても誰も出て来ない。仕方なく次の部屋をノックした。これも誰も出て来なかった。腕時計を見ると十七時を少し回ったところだ。こんな時間はまだ勤めから帰って来ないいか……。

しかし諦めなかった。三軒目にして、やっと中から中年の婦人が顔を出した。

「すみません、ちょっと人を捜しています。九十九由里香さんという三十歳くらいの女性なんですが……」

言葉を言い終わる前に、「知らない！」と言って扉を閉められた。

ムッとしたが腹を立てている場合ではない。結局一階で人が出て来たのはこの部屋だけであった。

さすがの泰三も少し気が滅入ってきたが、階段を上がって行くと、一人の年配の男性がこのアパートに向かって来た。二階から見ていると、下の端の部屋の鍵を開けている。急いで階段を下りて、その男性に話しかけた。

「あの、すいません。人を捜してるんですが、三十歳ぐらいの女性で、九十九由里香という人を知りませんか。確か小さな男の子もいたと思うんですが……」

ちょっと間を置いてから、その人は尋ねた。

「あんたは、どういう関係かね？」

「あ、あの知り合いの者なんですが」

「知らない」

と言ってその男は部屋の扉を閉めようとした。

その瞬間、この人は知っている、と何かを直感した泰三は、

「あっ、失礼しました。実は私はその女性の夫で、九十九泰三と申します」

と言って頭を下げた。その男性はガバッと扉を大きく開いて泰三の顔をまじまじと見つめた。驚くほどに目玉が飛び出しそうであった。

「あっ、あんたがあの九十九さんの御主人かね？」

男性は泰三の両手を握りしめて、しばらく声が出なかった。

「あぁ、遅かった。あぁ、何で？」

男性はそれだけ言うのがやっとであった。


「彼女は本当に健気《けなげ》な女性であった。

赤ん坊だった彼女の息子のおしめを取り替えたりして面倒を見ていたのはわしだ。

毎朝きっちり七時半に赤ん坊をわしに預け、夕方五時半には迎えに来た。

そんな生活が一年近く続いたある日、彼女は仕事が替わるので、職場の近くの託児所に息子を預け

ることになった。謝礼を差し出して深々と頭を下げてわしに礼を言った。

わしは謝礼は受け取らず、わしの方こそ息子さんの面倒を見る張り合いを与えてくれて本当にありがとうと、心から礼を言った。

こんな何の取柄もない年寄りにそんな心を持たせてくれるほど、彼女は気持ちのいい女性だった。

その彼女が替わった仕事はちょっときつそうだったが、わしには何も言えない。ただ身なりが前より綺麗になっていくので、ちょっと心配はしていた。そして一年を過ぎた頃から体調を崩し出しているようで、とても心配した。

そしてあの日がやって来た。

何か夜中に声が聞こえるような気がして、わしは目が覚めた。しばらくじっとしていたが、その後物音はしなかった。何だか胸騒ぎがしたが、そのまま寝てしまった。

すると早朝救急車のサイレンで再び目が覚めた。このアパートの前で停まったので、急いで扉を開けてみると、救急隊員が急いで二階へ上がっていった。

そして少ししてから、なんと彼女を担架に乗せて階段を下りて来るではないか。

わしは、腰が抜けたようになって、戸の前で尻餅をついて起き上がれなかった。

坊やがママー！　ママー！　と言って彼女にすがっていた。そして救急車で運ばれて行ったんじゃよ……」

泰三はその男性の話す言葉を聞きながら、じっと身動きもせず正座していた。裸電球の薄暗い明かりの部屋の中、じっと畳の目を見つめていた。

「それから三日間、わしは食べ物も喉を通らんで心配しとった。

そしたらなんと呆気ないことか……。彼女は病院で亡くなったと聞かされて、今日の午前中、業者のもんが来て、二階の彼女の部屋の荷物を全部始末していきよったよ。

あぁ……あんたは何で今まで現れなかったんや……」

木口は泣いていた。泰三も泣きたかったが涙が出なかった。

あぁっ、これでおしまいなのか……。また深い氷の海へ沈んでいく心地がした。

しかし今の泰三には微かな光が残っていた。

俺には息子がいるんだ。

「あの……一緒にいた子供はどうなったか分かりませんか?」

涙をぐっと堪えて、彼は老人に問いかけた。

「あぁ、午前中に来た業者の人に聞いたが、何も知らないと言っていた。

そういえば、彼女が救急車で運ばれる時に、あの子供は、一人の男性に連れられ、車で救急車の後をついていったが、その人のことは、わしは何も知らない……」

もうこれ以上、彼女のことを聞き出すのは無理だと悟った泰三は、丁寧に礼を言って、木口と別れた。

いよいよ手がかりがなくなってしまった。

どこをどう捜せば息子を見つけることができるのか。
泰三は途方に暮れてしまった。

第四部

一

山彦学園に亘を尋ねた宏児は、園長の妻の対応にどこか不自然さを感じ、翌日から今度は学園を見張ることにした。

しかし三日経っても亘らしき人物の存在は確認できなかった。

そこで四日目のある日、今まで何回か見かけたことのある女の子に、学園の少し手前で声をかけた。その子は赤いランドセルを背負ったおさげ髪の似合う可愛い少女であった。

「あっ、ちょっと聞きたいことがあるんだけど……」

とそれだけ言った宏児であったが、知らない人に声をかけられて驚いたのか、その女の子は、

「キャッ！」

と言って走って逃げてしまった。

「あの～、九十九くんて知りませんか？」

と少女の背中を追いかけながら、宏児は呼びかけた。学園の扉に手をかけて、まさに家の中に逃げ込もうとしていた女の子の足が止まった。

「今、何て言ったの？」

まだ不安な表情のまま、その女の子は、こちらに振り返って聞いてきた。

「あの、九十九君という男の人のことを何か知りませんか？」

女の子は扉から手を離して恐る恐るこちらに近づいてきた。

「亘お兄ちゃんがどうかしたの？」

（あのババァ、やっぱり嘘をついていやがった！）

と宏児は腹が立ったが、すぐによし、しめたと思って少女に話しかけた。

「あの実はお兄ちゃん、その九十九君の知り合いなんだけど、最近ちょっと連絡が取れなくなったので、どうしたのかなぁ、と思って。何か知ってることがあったら、教えてほしいんだけど……」

「九十九」の名前を聞いてからは少女の警戒心はパッと消えて、「近くの公園で話を聞きたいんだけれど」と言うと、「いいよ」と言ってすぐについてきてくれた。

ブランコのそばにあるベンチに腰掛けて少女は話してくれた。

「亘お兄ちゃんはとっても優しかった。

だけどある日を境にして人が変わってしまったの。

何でそうなったのかは、学園の園長先生もみんなも不思議がったけれど、原因は分からなかった。乱暴になって学校でいろいろ問題を起こすようになった。そしてとうとう少年院とかいうところに入ることになったの。

もうその頃には、怖くて、私なんかお兄ちゃんには近づけなかった。園長先生も手を焼いていて、もうあいつなんか追い出してやる、が口癖になっていたの。そして、その少年院を出て来れることになったんだけど、どうしてかお兄ちゃん、ここの学園には戻って来なかった。その理由はいくら聞いても、園長先生は教えてくれないの……」

ここまで少女は、宏児に一気に話してくれた。どうやら亘のことを誰かに話したくて仕方なかった様子であった。

宏児は覚えているかなぁ、と思いながら少女に尋ねた。

「そのお兄ちゃんが、いなくなってからどれくらい経つの？」

「私が小学校二年の時だから、もう三年以上は経ってるよ」

とその女の子はスラスラと答えた。

（そうか、間違いない。時期的にも合っている）と宏児は思った。

しかし今の居場所が分からない。よし、それ以上のことは、またじっくり考えよう。あまり長く少女を引っ張るのも良くないと思って、

「ありがとう。とてもよく分かったよ」

と言ってベンチから立ち上がった。少女も立ち上がって、

「お兄さんは、亘兄ちゃんの友達？」

と聞くので、

「あぁ、中学時代の友達だよ」

と言ってニコッとした。

少女も笑顔を見せて手を振って去ろうとしたが、振り返って、

「亘お兄ちゃんのこと、何か分かったら教えてくれる?」

と聞いてきた。

「そうだね。何か分かったらね」

と言うと、

「ありがとう」

と元気よく言って、背中のランドセルを揺らしながら少女は駆けて行った。

その後ろ姿を見ながら、亘はあの少女には好かれていたんだな、と宏児は思った。


その夜宏児は、父の隆男に事の次第を告げた。隆男は少し考えた後で、

「よし、そういうことならわしが直接出向くとするか」

とぼそりと言った。今まで父自らが行動することはなかったので、宏児は驚いたが、事の重大さを感じて、

「分かりました」

と答えた。


隆男が山彦学園のチャイムを押すと、しばらくして中年の女性が扉を開けて出て来た。

「橘隆男と申しますが、九十九君のことをお伺いしたくてやってきました」

と単刀直入に切り出した。

「そういう男性はうちの園にはおりませんが」

と柔らかく答えて、じっと隆男の顔を彼女は見つめていた。

「そういうお答えは、先日うちの息子がこちらを訪ねた時に、聞いております。実際にいる者をそんな風に偽るのであれば、こちらもある手段に出ますし、そうなればこちらの園にもご迷惑がかかるかもしれません」

と隆男がきっぱりと言った時、扉の奥から、

「恵子！　入ってもらえ」

と声がした。

一瞬戸惑って声の方を振り返った女性は、顔をしかめて仕方なさそうに、

「では、どうぞ」

と言って扉を開いた。

応接室に通された隆男は、かつて九十九由里香と亘の母子が座ったのと同じソファに腰掛けた。

先ほどの女性がお茶を持ってきた後、園長の道田が現れた。やや疲れたような表情を浮かべていたが、眼鏡の奥の目は鋭く隆男を見つめていた。

隆男はまた率直に切り出した。

「実は、うちの次男が今、ある病院で植物状態で何年も入院しています。これは少年院にいた時にそういう状態になりました。そしてどうやらその時に、同じく入所していた九十九君達と関わりがあったようです。

その時の話を直接聞きたくて、九十九君に会わせてほしいのです」

道田に負けないだけの眼光を放ちながら、隆男は低い声で話した。

少し間を置いた後で、道田は、

「九十九亘はもうこの園にはいません」

と静かに答えた。

「では彼の居所を教えてもらえますか」

隆男も静かに続けた。

道田は一瞬目をそらして、天井を見つめ思案をめぐらせた。だが、この相手には真実しか通じないと感じたのか、ほぅーっと一つため息をついた後で語り始めた。

「九十九亘は、ある事情で三歳の時からうちの園で預かりました。中学生までは、素直に育ちました。ただ中学二年生の時、何があったのか不思議なんですが、様子が全く変わりました。ふさぎ込んだ様子で何もしゃべらなくなり、学校では暴れ、問題行動ばかり起こすようになりました。

私も対応に手を焼いていた時、ついに傷害事件がもとで、少年院に入所しました。もうその時には、私も決心して、退所しても、うちの園で引き取るつもりはありませんでした。

そこへ突然、ある男が現れたのです。なんと、彼の父親でした。

どこを、どうやって捜してきたのか分かりませんが、確かに父親でした。そこで私も厄介払いができると思い、彼に引き取ってもらうことにしました。ここに彼の名刺があります」

と言って道田はテーブルの上に、一枚の名刺を置いた。

アムール梅田店　店長　九十九泰三

隆男は、胸ポケットから手帳を取り出し、控えようとしたが、

「どうぞお持ち下さい。うちにはもう必要ありませんから」

と言って道田は隆男に名刺を差し出した。

隆男も黙って頷くと受け取ってポケットにしまった。これさえあれば、あとは自分で何とかできると思って隆男は、

「ではこれで」

と言って立ち上がった。道田は座ったまま軽く頷いた。

春香が退院した後、次はもう一人の少年のことを心配する番だと、泰三は思っていたのだった。

そして部下の男達に、その少年の様子を調べ、報告させていた。

報告の中で、少年が次第に粗暴になり、その結果ついに少年院に入所したと聞くと、うちの部下達の起こした事件が原因だと実感して、泰三は本当に心を痛めてしまった。

今捜している息子の亘が、もしそんな状況に陥ったら、放っておくことはできないだろうと真剣に考えた。

ただこの時は、その少年が自分の息子、亘だということは、夢にも思わなかったが……。

泰三は、少年が児童養護施設で育っていると聞いていた。何とか少年を引き取って、自分が面倒を見ることはできないか……。

(我が子に尽くすことを、その少年にできないだろうか……)

という考えが頭から離れず、真剣に考え出した。

何日も何日も考えた挙句、一つの結論を出した。

よし、その園長に会ってみよう。


二月の寒い日の夕方、泰三は山彦学園のチャイムを押した。

暫くして中年の女性が出て来た。

「園長先生に面会できませんか。私は九十九泰三と申します。あるお願いがあってやって来ました」

と言って彼は女性に名刺を渡した。

その女性は、明らかに動揺の色を見せた。しかし、それを相手に気付かれないように装いながら中に入っていった。

出てこない。もう五分は経つだろう。不審者と思われて警戒されたのか。もう一度インターホンを押そうか迷っていると、扉が開いて眼鏡をかけた長身の男性が出てきて、

「どうぞお入り下さい」

と言った。

泰三は応接室に通された。どうぞと促され、ソファに座った。しかし、男は正面から泰三を見つめて何も言わない。どう切り出そうか一瞬迷ったが泰三は、

「少年院に入っているという少年を、私が譲り受けることはできないでしょうか？」

と、眼鏡の奥に光る相手の目を見つめながら泰三は言った。

「失礼ですが、あなたはその少年とどういうご関係でしょうか？」

静かなまま男性は聞いてきた。

「実は、話せば長い話になりますが……。

ある日、私が店長をしている店に少年が訪ねて来ました。その時うちの若い者が少し乱暴な対応をしてしまいました。

私が後でそのことを知り、少年の様子を確認しましたが、大丈夫と言うので園に送り届けるよう命じました。ただその後が気がかりで、うちの者に少年の様子を確認させていました。

私事になりますが、私には離れ離れになっている一人の息子を捜している事情があります。それで、少年がその後乱暴になっているという話を聞き、果ては少年院に入所してしまったと聞いた時は、胸が塞がれてしまいました。捜している我が子の面影と重なってしまったのです……」

泰三の話を聞きながら、途中から道田は驚いてしまった。

対応に出た妻の恵子から渡された名刺を見て、(九十九泰三……亘の父親だ、どうやって息子のことを調べてやって来たのだ)と愕然とした。

(しかし三歳から十年以上も育て上げてきたのはこのわしだ。かかった養育費も半端な額ではないぞ。そこのところを分からせねばならん。まず向こうの話を聞いてからだ)

と下腹に力を入れて道田はその男性と会うことにしたのだった。

話を聞いているうちに驚いた。どうやらその男性が、少年のことを自分の息子だと気付かずにやって来ているようだ。こんな偶然があるのだろうか……とびっくりした。

「少年がどんどん暴力的になり、果ては少年院にまで入所してしまった。最初に少年に関わったうちの者達の件といい、私にも責任があると思います。どうかその少年をうちで預からせてもらうわけにはいかないでしょうか」

話を聞いているうちに、道田の「餓鬼界」が頭をもたげ、タダで手放してなるものか！ と囁いた。

「と言いましても、三歳から育て上げた情というものは残っております。それにうちも慈善事業とはいいえ、運営には多額の費用もかかっています」

泰三は、金の問題だなと直感した。

「どうやら少年に費やされた養育費のことを言っておられるようですが、私がその少年を預かるにはいくら費用がいるのでしょうか」

と間髪入れずに問いかけた。

「一日一〇〇〇円の食費として月三万円。一年で三十六万円、十年で三六〇万円。諸経費も含めて四〇〇万円いただきます」

金ならいくらでも出してやる、とこれも間髪入れず、

「分かりました。すぐ用意します」

と泰三は答えた。

しまった、五〇〇〇万と言うべきだったと道田の「餓鬼界」がまた疼《うず》いたが、「人界」が、あまり欲をかいて相手が躊躇してもまずいと思い直し、

「それでは、少年院を少年が出る時に、あなたに引き取りに行ってもらいましょう。その時の大事な書類を今作るので、少し待って下さい」

と言って道田は立ち上がった。

しばらくして彼は自分の署名捺印を押した代理人引受書なるものを作成し、泰三に渡した。

泰三は道田の銀行の口座番号を控えて、必ず明日中には振り込みます、と伝えた。

信じられないことだが（あるいは不思議な話だが）、どうやら少年を引き取れそうだと感じた泰三は、その引受書の中にある九十九亘の名前を見落としてしまっていたのだった。

普段の泰三を知る者からすれば信じられない話だが……。

「ところで、その少年の名前は何と言うのですか」

と問う泰三に対し、道田の「人界」が「声聞界」「人界」と目まぐるしく転回し、ここで本名を伝えて自分の息子だと分かると話がややこしくなると結論づけ、

「山下正《ただし》と言います」

と彼は答えていた。後日、自分の息子だと泰三が気付いたとしても、その時はその時だと肚をくくっていた。

（ただし、か……。亘もどこかで元気でいてくれたらそれでいい……）

と泰三はちょっと遠くを見つめる眼差しになった。

二

橘満夫が自殺未遂を図って以来、高橋の生命は、「地獄界」の底の底に沈んでしまった。

ただ自分で生命を絶ってしまうこと、無気力な生き方になってしまうことはあってはならないと、命のギリギリのところで彼の「人界」が息づいていた。感情の起伏は消えてしまったが、教師の職務は必死で行っていた。

満夫の学年の三年生を卒業させた後、高橋は同じ市内の八津中学校に転勤することになった。

感情が動くことをほとんど感じなくなった高橋だが、唯一、少し心の揺れを感じる時は、意を決して訪れる満夫の病院への見舞いの時であった。見舞いというよりは、命の懺悔であった。

もちろん満夫は何も語ってはくれない。ただ高橋は、満夫の生の存在を感じ、ひたすら蘇生を願いつつ、その場を離れるのが常であった。


三年ほど経ったある日、満夫の病室を出ようとした高橋は、部屋にすうーっと入って来た存在に足が止まってしまった。

一人の女性看護師の横顔に引き付けられてしまった。どこかで見たことがあるような気がした。

その女性は彼に軽く会釈しただけだったが、後ろ姿の高橋に声をかけてきた。

「あの……もしかして高橋先生ではありませんか？」

聞き覚えのある声であった。時間が急に後戻りしたような感覚に襲われた。

「分かりませんか？　木崎智子です。三年四組でした」

また記憶のフィルムがクルクル回って、セーラー服姿の智子の顔が蘇った。

「あぁ、木崎さん！　看護師さんになっていたの？」

やや生気を取り戻したように、高橋の顔に少し朱が走った。

「はい。こんにちは先生。まだ准看護師ですが。橘君のお見舞いですか？」

智子は立派に成長していた。やりがいのある仕事に就いている若者の潑剌《はつらつ》さで美しかった。

「見舞いなんかできない……懺悔だよ……」

「人界」の一番暗部の生命のような声で彼は呟いた。

暗い発言に驚いた彼女は言った。

「そんな暗い発言は先生に似合いませんよ。先生、ひょっとしてあの時のまま橘君のことを引きずって生きているんですか？

高橋先生！　先生には落ち込んでいる権利はないんです。

私は、橘君は高橋先生のことを唯一好きな先生だと思っていたことを知っています。

先生の命は彼に通じています。

彼の生命は三年経った今も生き続けています。更に生き続けようとしている彼の意志が分からないんですか？

彼のことを大事に思っておられるのなら、今でも懸命に生きておられる姿が、きっと橘君にも通じると思います！」

と智子は言い切った。高橋は激しく胸を打たれた！　涙が迸《ほとばし》り出た。今まで腹の底の底に重くずっしりと溜まっていた苦しみと後悔の地獄の生命が、智子の必死の菩薩の生命に触れて、涙となって迸り出て、彼の全身を洗い清めていくのであった。

高橋は頷くのがやっとで、そのまま部屋を出て行った。しかし今やっと自分の命の中に間違いなく小さな炎が点じたことを確信しながら……。

（先生！　先生はそんな姿を橘君には見せてはいけないんです。どうぞ立ち直って下さい……）

智子は高橋の後ろ姿に祈りかけた。

（満夫、今の私はどうだ？　少しでも満夫の命に届いているか？　今日の木崎は自分の命で感じた気持ちを、勇気を出して発言したと思うんだ。そんな勇気の芽を摘んでしまったらいけないよな。満夫、僕も頑張るよ。どうか一日も早く目覚めてまた一緒に話をしような、満夫）

高橋は、そう満夫に語りかけながら一日一日を懸命に生き始めた。

少年院を退所する一週間前に、九十九亘は一通の封書を受け取った。差出人を見ると道田からであった。ただ一枚の用紙に、

当園では少年院出身者を預かることはできない。よってこれからは今回、君を引き取ってくれる人が君の面倒を見てくれることになる。故に今後当園には立ち寄らぬこと。

なお、故あって今後、君は山下正と名乗るように。

道田

と書かれていた。亘は何も感じなかった。

その紙を手の中で丸めると部屋の隅にポイッと放った。荒んだ心で壁に凭《もた》れて天井を見つめていた。

一週間後、亘の少年院退所の時には、スーツを着た恰幅のいい男性がやって来た。

厳つい容貌だが物腰は丁寧で柔らかかった。身元引受人の書類を院長に提出して、亘を引き取った。院長や職員に丁寧に挨拶して彼を連れて行った。

ここでも、書類の中の「九十九亘」という少年の名前を見て、泰三は、自分の息子だと気づくはずであった。しかし、あたかも泰三が、まだ自分の息子に会える「時」ではないと、何かの「力」が働いているかのようだった。不思議な話ではあったが……。

門の外では黒塗りの車が待っていて、若い男が運転した。恰幅のいい男性は亘に向かって、
「山下正か？」
と声をかけた。亘は誰の名前を言っているのか最初分からなかった。車の後部座席に、その男性と隣同士で座りながら五分ほどして、あぁ、そうか、確か道田の手紙の中に書いてあった名前かとやっと気付いた。今さらそうだと言うタイミングでもなく、もうどうにでもなれと座席に深く腰をずらして、車窓の景色も見ずに目をつぶった。

自分を育ててくれた母親は、綺麗で優しかったと聞かされ、自分もその面影を描いて成長してきた。しかし実際に母親の職場を探し出した結果が、欲望を剥き出しにした男達相手の仕事だったとは……。自分の心の奥に大切に思っていた存在が、粉々に砕け散ってしまった。

しかもその時に、親切に自分と一緒に苦労して探してくれた少女が、獣のような男達の餌食になってしまった。

絶望の地獄の生命の中で、今まで感じたことのなかった修羅の怒りの生命が、腹の底から噴き出した。男達に向かって行く中で、今まで眠っていた暴力の生命が亘の中から湧き出した。殴り殴られる中で、更に亘の餓鬼と修羅の生命が沸騰した。そして無残にも打ち負かされ、身も心もズタズタに引き裂かれてしまった。

人間は一瞬にして変わってしまう時がある。この日の心身ともの打撃によって、亘は純朴な少年か

ら、絶望の中で、凶暴な荒んだ人間になり果ててしまった。憎悪の塊となってしまった。戻った園では、心を開かなくなり、学校では暴力を振るいまくった。その結果、ついに少年院入所となったのである。

入った少年院でも仲間と一緒に一人の若者を廃人同然にしてしまった。その若者は自殺を図って病院に入ったが、その後どうなったかは分からない……。

ある日、もう園では面倒を見ないという道田の通知を受け取った。勝手にしろ！　と思った。

少年院退所の日に、見知らぬ男が迎えに来た。何故自分を引き取ってくれるのか分からなかったが、もうどうにでもなれ、と思った。できるだけ荒んで生きてやる。俺にはもう何も望みはない……。

亘を乗せた車は、十三の繁華街から少し離れた場所で停まった。男に促されて車を降りた亘は、その男の後ろからついていった。四階建てのマンションの二階の真ん中の部屋に男は入って行った。無言でついていくと、

「今日からこの部屋を使え」

とその部屋の中の一室を示した。亘はその日から、その男と一緒に住むことになった。

翌朝目覚めてみると、男はもう出かけていていなかった。久し振りに畳の上の布団で寝たせいか、彼が時計を見るともう十時を回っていた。隣の部屋を見ると、テーブルの上に一枚の紙と鍵が置いてあった。

今日からこの鍵を使って自由に出入りしていい。家の中や冷蔵庫の中にある物は何を食べてもいい。ただし自分の身の回りのことは、自分ですること。守ることはただ一つ、門限二十二時。

彼はその紙を取って折りたたんでポケットの中に入れた。腹が減ったので冷蔵庫を開けると、食材がどっさりと入っていた。

彼はパンの中に挟むチーズや野菜を取り出し、牛乳と共に腹の中に流し込んだ。満腹になると鍵を持って外に出た。少し歩いて行くと商店街に出た。中に入って行くとゲームセンターがあったので、更に入って行った。比較的大きな店で、平日の昼前にもかかわらず、多くの少年が遊んでいた。

茶髪の少年やタバコを吸っている少年がゲーム上でカーレースを繰り広げていた。周りを五、六人が取り囲んでいる。みんな夢中になって二人の競争を囃し立てていた。暫く見ていた亘は茶髪の少年の肩を叩いて、

「俺と替われ」

と言って押しのけた。少年はよろけた。

「おい、こら！」

とよろけた少年は亘の肩を叩いた。

「殺すぞ！」

と亘はドスのきいた声で呟いて相手を睨みつけた。その少年はひるんだ。囃すのをやめて二人の経

緯を見ていた周りの少年は、どうする？　と互いに顔を見合わせた。

「俺がやっつけてやる！」

とタバコを吸っている少年が言って、リモコンで自分の車のスピードを上げた。亘は見ている間にゲームの要領をつかんでいたので、自分の車で相手の車を追いかけ始めた。

「諒ちゃん、こんな奴やっつけてしまえ！」

と一人が叫んだ。茶髪も加わって、その諒という少年を皆が応援し出した。亘もリモコンを操作して必死で戦った。抜きつ抜かれつの壮絶な戦いの末、亘の車が先にゴールした。少年達は落胆した。

「おい、どうする？」

と亘は声をかけた。

「今度は俺が相手だ」

と茶髪が言った。

「権、ガンバレ！　こんな変な奴負かしてしまえ！」

と周りが囃し立てた。二回戦も接戦の末、亘が勝った。あとはもう次から次へと対戦相手が入れ替わっての勝負となった。次々と相手を負かしていく亘の姿に、彼を応援する者まで出だした。亘が全勝で終えると、すっかり仲良くなっていた。

「あっちの戦闘マシーンのゲームも面白いからあっちに行こう！」

と茶髪の少年が亘に声をかけた。

「よし」

と言って亘が従い、他の連中も面白そうにワイワイ言いながら後に続いた。

レースに勝って大量のコインをゲットしたので、亘は、他の連中にも分けてやりながら一緒にゲームを楽しんだ。久し振りに遊んだので夢中になり、少年達が帰ると言い出して、店を出る時に時計を見たら、二十二時五分前だった。どうやら十時間近く遊んでいたらしい。さすがにお腹が減ったなと思って、男のマンションに戻って、持っていた鍵で部屋を開けた。その途端ガチャンと音がして、ドアチェーンが伸び切って扉が少ししか開かなかった。亘はポケットに突っ込んでいた紙を開いて見た。最後の六文字が目に入った。

門限二十二時

まだ五分も過ぎていないであろう。しかしドアにはチェーンがかかっていた。亘はドアをドンドンと叩いてみた。何の反応もない。

(そうか、これがあの男のやり方なのか……)

亘はため息をついてドアの横に座り込んだ。

少年院の狭い部屋で寝ていたことを思うと、ここはまだ十分に空気が吸える。彼は空腹を抱えたままその場に寝ころんだ。

廊下のコンクリートの上で寝ていたので、下になっていた右腕の痛みで目が覚めた。

「痛《い》たたっ」

痺れた右腕をさすりながら、身体を起こした亘は、ドアノブを回してみた。チェーンはかかっておらず扉が開いた。男は出勤したとみえる。さすがに外からチェーンをかけることはできないからな、と思いながら彼は中に入った。腹ペコなので冷蔵庫を開けて、食えるだけ食ってやれ、と腹がはち切れるほど詰め込んだ。


亘が少年院を退院してから二日後に、彼の通う中学校から山彦学園に電話がかかってきた。電話に出た妻の恵子は、道田に亘の担任から電話がかかっていると告げた。

「はい、道田ですが」

「あの九十九君の担任の山脇です。少年院から退院されたと思いますが、今後のことについて、亘君と会って話をしたいのですが……」

「あぁ、亘なら父親が引き取って、もうここにはいませんが……」

聞いて山脇はびっくりした。

「えぇ？　引っ越ししたということですか。

では転校手続きを取らなければなりません。一度学校に来ていただけますか」

在学中、暴れ放題であった亘が、少年院を出て学校に戻って来る、と学校中で心配していたことが、どうやら解決したようで、内心ホッとしながらも彼は言った。

「あの、今私の方は多忙で手が離せず、それに九十九の父親から貰った名刺を紛失してしまって……住所が分かりません」

（何？　居所不明ということか、手続きがややこしいぞ）と思いながら、

「とにかく一度学校へ」

と山脇が言ったところで、プツッと電話が切れてしまった。それからは、いつ連絡しても電話が繋がらなくなった。

山脇は学校長にそのことを報告すると、あまりにもあっさり、

「そうですか。それじゃあ居所不明で処理するしかありませんね」

と言って対応することになった。生徒指導担当の樫原や、山脇など学年の教師達が悩んでいたことが、道田の発言をいいことに、それ以上追及しない方向で進んでいった。山脇はあまりにも露骨に感じられたが、自分自身も肩の荷が下りた思いがした一人であった。


亘は毎日ゲームセンターに通い出した。

初日にゲームをして仲良くなった連中もいたが、日を重ねるにつれて、他の連中と喧嘩をしたり、また仲良くなったりして、いつのまにか少年達のリーダー格になっていた。ただ群れて行動するのは、あまり好きではないようであった。たまに気の合った少年を自分の部屋に連れて来て、一緒に部屋の

中にある食べ物を飲み食いしている時に、泰三が帰って来ることがあった。しかしそんな時泰三は別に何も言わず、自分の部屋に入ってしまうことが常であった。亘は門限の二十二時までに家に帰ることだけを守り、好き勝手に毎日を暮らしていた。

そんな中、数か月が経ったある日、

「ちょっと話がある。私の部屋に来なさい」

と泰三が声をかけてきた。

「お前はこれからどうしたいのだ。高校に行きたいか?」

「学校には行く気はないです」

「そうか。それじゃあ働くしかないぞ。私の知っているところに行くか?」

亘は少し考えていたが、

「はい、どこでもいいです」

と答えた。

「そうか。じゃあ明日朝八時に家を出るから、それまでに準備しておきなさい」

「分かりました」

ちょうどもう毎日ゲームセンターで遊ぶのにも飽きがきていた時だった。亘は何でもいい、とにかく自分の身体を動かして、少しでも金を稼ぎたい欲求にかられていた。

翌朝、朝ご飯を済ませて待っていると、

「出かけるぞ」

と言って八時きっかりに泰三は声をかけてきた。後からついていくと、阪急電車の十三駅に着いた。

「これで塚本までの切符を買いなさい」

と言って泰三は彼に千円札を渡した。切符売り場で路線図を確かめ、二人分の切符を買って、釣りを渡そうとすると、

「帰りの切符代に持っておきなさい」

と言われた。どうやら仕事場は塚本という所にあるらしい。亘一人でも行けるように、今日は車ではなく電車で一緒に行くんだなと彼は思った。

塚本駅で電車を降りて五分ほど歩くと、木下建設という看板がかかった店に泰三は入って行った。

「やぁ、待っていましたよ。泰三さんの言っていた子はこの子ですか。いやぁ中学を出たところだと聞いていたが、でかいなぁ。もう一人前の大人じゃないですか」

二人を出迎えてくれたのは、この会社の経営者の木下であった。泰三の店の常連客で、五十歳台のがっしりした男であった。

「体格はでかいが、中味が伴っているか分かりません」

と泰三は言った。

「ちょうどいい。うちにも若いのは何人かいるので一緒に鍛えていきましょう」

男は日焼けした顔で亘を見つめた。

「お願いします。知り合いだからと言って容赦しないで下さい。使いものにならなかったら、すぐ連れて帰りますから」

泰三はあっさりと言った。

「うちも商売だ。遠慮はしないで、いつでもそう言います」

今では風貌もややふてぶてしく見える亘の性格を知っているのか、二人は彼の心に火をつけた。

（へっ、何を言ってやがる。こんな店いつでも辞めてやる。ただしやるだけやってからだ）

と、自分が気付かないうちに、亘の肚の底にポッと小さな火が灯った。

「じゃあ私はこれで失礼します」

と言って泰三は帰って行った。木下はそばにいた男に、一番大きな作業服を持ってくるように言いつけた。暫くして男が持ってきた服を手渡しながら、

「よし、じゃあ早速働いて一つ一つ覚えていってもらおう。これを着て、そこの加賀という男の言うことを聞くように」

と亘に言った。

「分かりました」

と言って彼は服を着替えた。一番大きい服だと言ったが、それでも彼には少し窮屈で、袖の先、そして裾から彼の手足がニョキッと出ていた。彼は顔を赤くしたが、加賀という男は気付かぬように、

「それじゃあついてきてくれ」

と言ってスタスタと歩き出した。少し歩いて木材が積んである場所まで来ると、

「作業中は、必ずこれを被れ」

と言ってヘルメットを渡された。付け終わると、

「ここにある木材を、一本ずつでいいから、持って向こうにある場所に置き替えるように。その時は必ず腰を入れて持て。まず俺がやってみる」

と言って加賀はヘルメットを被ると、五メートルほどの長さの角材を慎重に持って歩いて、十メートルほど離れた場所に置いた。

「ここにある角材を全部向こうに移し終えるように。急がなくていいから丁寧にやれ」

と言って離れていった。

角材は何十本あるか分からなかったが、(ただ移し替えるだけか？　俺をバカにしているのか？)とムッとしながら亘は始めた。誰も見ている者はなかった。

十本目を過ぎたあたりで左の腰が痛くなってきた。あまりしゃがまずに角材を持ったためだろうか、

「必ず腰を入れてやれ……」

と加賀が言った言葉が頭を掠《かす》めた。

何十本あっただろうか。時間はどれだけかかったかは分からなかったが、そんなに遅くはなかったはずだ。角材全部を移し替えた時には、全身から汗が噴き出していた。亘は先ほどの場所に戻り、加

賀を見つけると、

「やり終えました」

と報告した。加賀は表情一つ変えずに、座っていた椅子から立ち上がると、スタスタと角材の積んである場所まで来た。そしてやや得意げな表情をしている亘をチラッと見た後、積んである角材の一本を右足で押した。すると途端にガラガラと音を立てて積んであった角材が崩れ落ちた。

「こんないい加減な積み方では、作業している者が大怪我をする。もう一度やり直せ。元あった場所に全部戻せ。また崩れたら、やり直しや」

と言い捨てて離れていった。

亘は一瞬に冷や汗を背中に感じ、今にも加賀に殴りかかろうとする衝動を必死に堪えた。

「今度あんな言い方をしたらぶん殴ってやる！」

と呟きながら、亘はもう一度角材を運び出した。一本目を運ぶ時から、ピリッと左腰が痛んだ。これではこの角材全部を運び替えるのは無理だと思った亘は、二本目にかかった時に、ぐっと足を曲げて腰を入れた。そしてゆっくり角材を持つと腰は痛まなかった。

（さっき、あの男が言っていたのは、このことだったのか）

と思って、それからはぐっと腰を入れて角材をそっと持ち上げた。

亘は、何か要領を掴めたようで嬉しくなった。今度は一本一本確かめて丁寧に積み上げた。先ほどの倍は時間がかかったかもしれない。

そして元あった場所に積み終えると、また加賀を呼びに行った。やって来た加賀が積み上がった角材を見ると、彼はさっきよりも強く、足でその一本を押した。すると再び角材は崩れ落ちた。

亘は黙って拳を握りしめた。修羅と畜生の命の塊となって、今にも加賀に飛びかかろうとした時、ふと、

「使いものにならなかったら、すぐ引き取りますから……」

と言った泰三の言葉が頭を掠めた。

（ここでこいつを殴って店を出て行ったら、あいつの思うつぼだ。クソッ、それも癪に障る！）

「修羅界」の「人界」か、「修羅界」の「声聞界」の生命がかろうじて亘を押し留めていた。

「どうした？」

と静かに加賀は問いかけた。ブルブル身体を震わせながら、

「もう一度やり直します！」

と亘は心にもないセリフを吐いていた。

言った後、ハッと自分自身を振り返っているような仕草をした。

「そうか。じゃあそうしろ」

と加賀はその場を去った。彼の眼が少し光った。

（何故あんな言葉が出たんだろう？）

と亘はびっくりしながら、しばらくその場に立ち尽くしていた。

十八時過ぎに自分の部屋に帰った亘は、疲れてドッとベッドに倒れ込んだ。

「ご飯を食べろ」

と泰三に起こされた時に時計を見たら、二十一時過ぎであった。牛丼の大盛とサラダを食べ、味噌汁を飲んでいると、

「もう辞めるか?」

と泰三は聞いてきた。

「いや、続ける」

と反射的に言葉が出た。

「そうか。じゃあこの定期券を使え。明日も九時までに、今日行った店に入れ」

「分かった」

何か自分の意思を越えて、勝手にもう一人の自分が受け答えしていた。彼はまたヒャッと驚いていた。


翌日、店に到着すると加賀が待っていた。

「おはようございます」

とボソリと言った。

「何、聞こえないぞ。挨拶はきちんと言え!」

と加賀は大きな声で言った。

「おはようございます！」

と今度は、亘は怒鳴るように言った。

「よし、それで聞こえた」

亘には加賀がずっと付いていていた。加賀は無駄口は一切言わない。必要なことだけ言った。ただその一言が、本当に大事な要領を得た言葉だと、亘は一日目から気付いたので、彼の言う言葉を聞き洩らすまいと必死であった。

亘もほとんど口を利かない。だから周りの若い連中にもなかなか馴染まなかった。ただすれ違う誰彼にも、大きな声で、

「おはようございます！」

「失礼します！」

「ありがとうございました！」

と挨拶だけはした。それだけで彼は、年上にも若い者にも馬鹿にされず、きちんとした奴だなと思われていた。

三

加賀について四年が経った時、亘はもう一人前の大工職人になっていた。元々身長は高かったが、力仕事のおかげでガッチリと体力が付き、格闘家のような体付きになっていた。そんな亘であったが、彼にはある時からずっと思い続けていることがあった。

そして今日、ついにそれを実行する日がやって来た。

週に一度の休みの日曜日に、亘は朝から家を出て電車に乗った。行先は職場の塚本駅ではなかった。大阪駅に着くと電車を降りた。

百貨店を過ぎ、信号を三つ越えて右折した。一度来た道を忘れることはなかった。彼は記憶力が抜群だった。大きなホテルの角を右に曲がると、道が細くなっていた。道には所々男達が立っていて、かつては若いカップルかと冷やかされた彼であったが、今では男達は彼を避けるように、目も合わそうとしなかった。

（あぁ、あの時の優しかった彼女は今頃どうしているんだろう。無事でいてくれればいいが……）

と思った時には、アムールの店の前に立っていた。彼は臆することなく店の中へ入って行った。入るとすぐに受付があり、店員の男が聞いてきた。

「今日は誰か御指名の女の子はいますか？」

「五年以上この店にいる娘を指名したい」

とボソッと亘は言った。店員はニヤッと笑いながら、

「お客さん、若いのに渋い指名ですね」

と言ってパネルの写真をめくりながら、

「この蘭子さんは五年以上のベテランですよ」

と言って写真を見せてきた。亘は写真も見ずに、

「じゃあその娘で」

と言った。店員は分かりましたと言ってコースを聞き、代金を亘から受け取ると、彼を一番奥にある部屋まで案内して少し待つように言った。

そこは狭い部屋で小さな椅子とベッドしかなく、彼はベッドの角に腰掛けて座った。待っている間に、あの時、

「わたるー！」

と少女が叫んだ声を聞き、店に突っ込んで行ったことを思い出していた。

（あの日以来俺の人生は滅茶苦茶になった。あの時の連中に復讐してやる）

と亘は拳を握りしめた。

「あら、怖い顔」

と急に女の声がして、彼は我に返った。見るといつの間にやって来たのか、ピンクのワンピースを着た女が目の前に立っていた。若く見えるが化粧が濃く、年齢は分からない。蘭子は馴れ馴れしく声をかけてきた。

「どうしたの。拳など握って、今にも喧嘩にでも行きそうな顔付きよ」

と言って冗談ぽく言いながら、蘭子は亘の上着のボタンをはずそうとしてきた。

「それはいい」

と言って、亘は少しだけ表情を和らげて、

「そこに座って、少し話をしたいんだけど、いいか？」

と話しかけた。

「あら、そう。いいわよ。コーヒーかお茶か何か飲む？」

と言って小さな冷蔵庫に手をかけた。

「じゃあコーヒーで」

「私もちょうどコーヒーを飲みたかったところなのよ」

と言って冷蔵庫から缶コーヒーを二本取り出すと、ガラスのコップについで、その一つを亘に手渡した。亘が飲もうとすると、

「待って、乾杯よ」

と言って自分のコップにもついで、亘が持っているコップに合わせると、一口飲んで、

「あぁ美味しー」

と言ってため息をついた。

さぁ、何を話してくるか、と興味を持ったのか、蘭子は亘の顔をじっと見つめた。店員はベテランと言ったが、興味を示して亘を見つめる眼は、少し火照ったような頬と共に、彼には少し眩《まぶ》しく見えた。

亘は気を取り直して、

「ここの店員で五年以上勤めている者を教えてほしい」

と聞くと、

「えっ、あんた、若いのにそっちの方なの？」

と言って蘭子は笑った。笑うとあけすけな感じが少し見えた。

「冗談、冗談ごめん。そんなこと聞くお客さん初めてだから。つい言ってみたくなっちゃった」

明らかにムッとした表情を見せた亘を見ながら、あまり気にしない様子で蘭子は続けた。

「えーっと、私はこの店に勤めて五年目だけど、五年ぐらい前からいる店員さんといったら数少ないわよ」

と言って蘭子は、ちょっと顔を上げて何か考える風をした。考えている時の顔の方が、笑った時の顔より綺麗だなと亘は思った。

「えーっと、私が思い浮かぶのは、よく赤っぽいシャツを着ている紀藤っていう人と、いつも一緒にいる緒方っていう人の二人ね」

亘は、あの時も赤い服を着た男がいたと思い出してカッと血が昇った。

「今日、その紀藤っていう人は来てるのか？」

興味を示したらしく、女は、

「来てるかどうか聞いてみてあげようか？」

と言ってコーヒーをもう一口飲んだ。

「あぁ、頼む」

と言う亘に応えて、

「よっこらしょ」

と言って蘭子は出て行った。

（もし紀藤という男がいたら、今日ここで決着をつけてやる！）

と彼は拳を握りしめていた。すぐに女は戻って来て、

「今日は二人とも休みで、明日は緒方さんが出勤するわ。二人とも出勤してるのは明後日らしいわよ」

と亘の方を覗き込んで言った。

亘は暫く考えていたが、急に立ち上がると、

「分かった。ありがとう」

と言って部屋から出て、帰って行った。

「なに？　あれ」

と女は呆れた顔で、亘が出ていった扉を見ていたが、

「まぁ、楽だからいいけどね」

と言って、残りのコーヒーを一気に飲み干した。


亘は、人生を狂わされた過去の場面を思い返して、大人の男の力というものの怖さをひしひしと感じていた。だから、初めて助っ人を頼もうかと迷った。ここでしくじるわけにはいかない。すぐに蓮の顔が浮かんだ。確か彼の携帯の電話番号を控えていたはずだ、と家に帰ってカバンの中にあるはずのメモを捜した。


「おい蓮か？　俺や亘や、分かるか？」

急に亘から電話がかかってきた蓮は、驚きながらも、

「あぁ、分かる。ちょうど良かった。俺の方も亘さんと話したいと思ってたとこなんや」

と電話の向こうから聞こえて来た声に、やや懐かしさも感じながら彼は続けた。

「実はな、ちょっと手伝ってほしいことがあって電話したんや。明後日の午後時間とられへんか？」

それを聞いた蓮は、何という偶然かと思いながら答えた。

「俺の方も明後日の話やねん。実は、『年少』に入ってた時のこと覚えてると思うけど、橘っていう

奴やっつけたやろ。あれの兄弟が今頃になって俺らを呼び出して、明後日○○病院に来いと言ってるねん。もし来なかったら、高田を入れた俺ら三人で橋を暴行して自殺未遂に追いやったことを全部警察にばらすと言うとるねん」

亘はちょっと面倒なことになってきたなと思ったが、今は一番念願の復讐を果たすことに心を奪われていて、それを果たした後ならどんなところにでも行ってやると思った。

「分かった。とにかく手伝ってくれるか？」

蓮は了承して、明後日の十三時に梅田の○○百貨店の前で会うことを決めて電話を切った。


「おう、久し振りやのう」

十三時ちょうどに百貨店前に到着した蓮に、既に着いていた亘が声をかけた。厳つい大男の若者二人を見て、周りにいた者は目を合わさないように顔を背けた。

歩きながら亘は、蓮に事の次第を告げた。

「昔やられた相手に仕返しに行く。ただし相手は世慣れた二人組だ。簡単にはいかないと思う。そこで手伝ってほしい」

「分かった」

と言いながら、蓮はそちらの方にはあまり気が無く、その後の病院へ呼び出されていることをしきりに気にしていた。

「あぁ、この件が片付いたら、病院でもどこでも行ったるわ」

と亘は言って目的地に向かう角を曲がった。

受付の店員に、

「蘭子さんていう娘《こ》がいたら、俺はその娘《こ》で。それと、連れが一緒に来てるので、できたら隣同士の部屋取られへんか?」

と亘は言った。二度目だと聞いて、更に愛想よくなった店員は、

「分かりました。ちょっと待って下さい」

と言って一旦部屋の奥へ入って行った。すぐに出てくると、

「蘭子さんは、準備であと三十分待ってもらうことになります。それで良ければ並んだ部屋を用意することができますが」

とにこやかに言った。

「それでいい」

と言って二人は待合室で少し待つことになった。店の女の子を紹介しているパンフレットを見ている蓮に亘は話しかけた。

「俺の部屋に例の二人組を呼ぶから、俺が部屋の壁を叩いて合図したら、加勢に来てくれ」

「分かった。おっ、この娘可愛いな」

と写真を見ながら蓮は答えた。ほどなくしてさっきの店員が現れて、

「準備ができました。こちらへどうぞ」

と言って、二人を促した。右側の奥の部屋に亘が、その手前の部屋に蓮が入った。亘は奥の部屋で、少しでも騒ぎが目立ちにくいだろうと思って、しめたと思った。

「あら、また来てくれたの？　嬉しい！」

と言って蘭子は亘に抱き付いてきた。亘はちょっと戸惑ったが、

「あっ、いや、また頼みがあるんだが……」

と言って蘭子の腕をほどきながら、ベッドに腰掛けた。

「いいわよ。もう驚かないから。また男の人のことを聞くの？」

と言って笑いかけた。

「そうなんだ。この間言った、その紀藤と緒方っていう人を呼んで来てほしいんだ」

蘭子は目を丸くして、

「えっ、まじー？　４Ｐするの？」

と言っておどけてみせた。が亘がちょっと怪訝な顔をしたので、バツが悪そうに、

「冗談よ、冗談……」

と言いながら、

「本当に呼んで来るの？　何をしたいの？」

と聞いても亘が黙っているので、フゥーッとため息をついて、

「本当に変わっているわね……」

と言って部屋を出て行った。

暫くして蘭子は二人を連れてきた。

「私が紀藤ですが、何か御用ですか？」

と今日は赤シャツではなく白いワイシャツを着た男が丁寧に声をかけた。

「あっ、蘭子さんは出ていてくれますか」

と亘は彼女に言った。

「はいはい。３Ｐの方がいいのね」

と言いながら蘭子は部屋から出て行った。

蘭子が部屋から出て行くのと同時に、亘は部屋の壁をゴンゴンと二度叩いた。緒方が、

「何の真似や？」

と言って、ベッドの端に座っている亘に一歩近づいた。

「今日は、あの時のように赤シャツは着てないんか？」

と言って亘は紀藤の方を睨んだ。何を言っているのか分からない様子で、紀藤は緒方の顔を見た。

「五年前のことや！」

亘は立ち上がりながら叫んだ。立ち上がった背の高さに驚きながら彼を見た紀藤は、

「あっ、あの時のガキか？」

と言って一歩後ろへ下がって身構えた。

「何の話や？」

と言って緒方は紀藤に問いかけた。紀藤がボソボソと緒方の耳元で囁いた。頷いた緒方は、ズボンの後ろポケットからナイフを取り出した。

「何や小僧、仕返しに来たんか？」

と紀藤が亘を睨んだ。

(何をしてるんや蓮！　早く姿を現せ)

亘は扉の方を窺った。


隣の部屋では、こういう場所には初めて来た蓮が戸惑っていた。相手は好みのタイプの少し茶髪でショートカットの可愛い女の子であった。

「えっ、こういうお店は初めて？　いいわ。私がリードしてあげる。ジュンって言うのよ。どうぞよろしくね」

と言って彼女はハートの中に「ジュン」と書かれた名刺を蓮に差し出した。えっ！　と言いながら蓮はドギマギしながらそれを受け取った。

「コーヒーかお茶か何か飲む？」

って聞かれたので、

「コーヒーを」

と言って彼女の前に立ちつくしている。

「分かったわ。ベッドに腰掛けて」

と言われて、ハッとしたように蓮は端に腰掛けた。ドキドキしていた。顔が火照って真っ赤になっているのが自分でも感じられた。

彼女は小さな冷蔵庫から一本の缶コーヒーを取り出すと、二つのコップに注ぎ、彼に一つを渡して、

「乾杯！」

と言ってコップを合わせて飲み出した。彼は慌ててコーヒーを飲んだため、むせて噴き出してしまった。大柄な蓮が、仕草は子供のようにドギマギしているのを見て、少し好感を持ったのか、彼女はタオルで彼の膝を拭いた後、目をつむって唇を近づけてきた。

更に心臓がドキドキ早鐘のように鳴り出し、血が頭に昇ってカッとしたその時、

「ドンドン！」

と再び壁が叩かれて、蓮は我に返った。そうだこうしてはいられない。蓮は彼女を押しのけて部屋を飛び出した。

「あら、刺激が強すぎた？　初心《うぶ》過ぎるわね」

と彼女は言いながら、コーヒーを飲み干した。

亘は紀藤の腹を思い切り蹴った。と思ったが、つま先が当たる瞬間に身をかわされて、スカを食らった彼は前につんのめった。と後ろから緒方に掴まれ横腹を殴られた。

「ううっ」

ドスッと鈍い音がして思わず声が漏れた。

前屈みになった亘の両足の間に後ろの男の右足が見えた。思い切り亘は自分の右足の踵でその男の足の甲を踏みつけた。

「ギャッ!」

と言って緒方は後ろへ崩れ落ちた。振り向いて体勢を立て直した亘に、今度は紀藤がまた正面蹴りを入れて来た。先ほど横腹を殴られたのが効いていたのか、亘はかわし損ねて、また腹に一撃を受けてしまった。

「ドスッ!」

とまた鈍い音がした。前に屈んだ亘の頭に木の椅子が振り下ろされ粉々に砕け散った。

亘は前にドーッと崩れ落ちた。

「おい、片耳そいでやれ!」

と紀藤が、足の甲を踏まれて悲鳴を上げた緒方に言った。彼は手に持っていたナイフを光らせた。

ブーッブーッと泰三の携帯が鳴った。

泰三は知らない番号だなと思って出ると、

「私は橘隆男と言います。九十九さんですか？」

と低い張りのある声が聞こえた。

「はい九十九ですが」

と答えながら、泰三は何か不吉な予感がした。

「息子さんの亘君と話をしたいのですが、今いますか？」

泰三は「亘」という名前を聞いた途端、数秒間頭がボーッとしてしまった。

「亘が、亘がどうかしたんですか？」

「亘君と話をしたいんですが、今そちらにいますか？」

泰三は頭が混乱した。

「あなたは何故亘の名前を知ってるんですか。そして何故私に亘のことを聞くんですか？」

「今あなたは亘君と一緒に住んでいるでしょう？」

泰三はこの時ほど驚いたことは、生まれて今までなかった。

「あっ！」

と言ったまま携帯を取り落としてしまった。

（尊が亘だったのか……？　ずっと一緒に暮らしていながら気付かなかったとは……。しかし山彦学園の園長は、何故名前を偽ったのか……）

「もしもし？　もしもし？」

取り落とした携帯から声が漏れていた。泰三は拾い上げて耳に当てた。

「知らなかったのですか？」

「取りあえず、用件は何ですか？　というか、何故あなたは亘のことを知っているのですか？」

泰三はやや早口になって問いかけた。

「山彦学園の道田さんから聞きました。

実はうちの息子が少年院に入っていた時に、亘君達と関わりがあったようです。その時の様子を知りたくて今日電話しました」

（何？　息子だと気がつかずにずっと一緒に暮らしていたのか？）と驚きながら、隆男はかいつまんで話した。

「とにかく今、家にはいません」

と泰三はまだ混乱しながら答えた。

「そうですか。お宅の息子さんの連れには、今日の十五時に○○病院に来るようにと伝えているんですが……。お父さんももし彼に会えたら、そう伝えてもらえませんか」

泰三はぼんやりする頭の中で、時間と病院の名前だけは覚えた。

「分かりました」

と言って電話を切った。

(何ということだ!?　俺は息子に気づかなかったのか!?)

彼は混乱した気持ちの中にも、また一つの灯りが点った気がした。

「店長、部屋で客の男達が暴れています!」

と蘭子は店長の泰三の部屋にやって来て言った。

「何があったんだ?」

と彼は聞いた。彼女は、前に一度店に来たことがある客が再びやって来て、店員の紀藤と緒方を呼んでほしいと言うので、その客に二人を会わせた。すると殴り合いの大喧嘩になったと言うのである。

「その客の風体は?」

「若いがとても背の高い男性です」

蘭子が言い終わるよりも早く泰三は部屋を飛び出した。一瞬にして彼は、亘が五年前の出来事の復讐にやって来たと気付いた。

(あぁ、亘!　こんな再会になるのか……)

泰三は額に脂汗が滲んだ。

緒方が倒れている亘に近づくまでの一瞬に、亘は必死になってもう一度壁を拳で思い切り叩いた。

「何をしてやがる?」

と緒方はナイフを光らせて亘に覆いかぶさった。

そこへ「バン！」と扉を開いて蓮が飛び込んで来た。振り向いた緒方の顎を、思い切り蓮は蹴り飛ばした。

「ギャッ！」

と言って緒方は横へ崩れ落ちた。蓮は亘を助け起こした。

「何じゃあ？　ワレー！」

と言って紀藤は折れた椅子の脚の木切れを掴んで蓮に殴りかかった。

木切れが蓮の顔面に振り下ろされた瞬間に、蓮は左腕で庇《かば》った。

「バシッ！」

という音がして彼の左肘が痺れてしまった。亘が紀藤に向かおうとすると、床に倒れていた緒方に足をすくわれて、ひっくり返ってしまった。その亘の顔めがけて緒方のナイフが迫った。目の前のナイフが光って、殺《や》られる！　と思った瞬間、横から蓮がナイフを蹴り飛ばした。と同時に紀藤は蓮にタックルをかけ、二人同時に組み合ったまま前に倒れた。

飛ばされたナイフを緒方が拾おうとした瞬間、別の手が伸びてナイフを奪い去った。

緒方が顔を上げると、ナイフを持った亘の顔が紅潮して殺気立っていた。彼の髪の毛は逆立ち、鬼の形相になり、思わず殺られる！　と緒方は立ちすくんだ。

亘は腹の底から「修羅界」が湧き出し、「餓鬼界・畜生界」と共に「修羅界」が沸点に達し、夢中

でナイフを突っ込もうとした瞬間、

「わ・た・る」

と自分を呼ぶ女性の声が聞こえた気がした。

その瞬間、命の底の底の煮えたぎる修羅の命がフッと消え、ナイフを取り落とした。

今まさに殺られる！　と思った瞬間、ナイフを落として呆然としている亘を見て、緒方はナイフを拾い上げて彼の左腕に突き立てた。

「グサッ！」

とナイフが刺さった瞬間、亘は正気に還り、腕を払ったので、緒方はバランスを崩し、ナイフも飛んだ。

組み合ったまま倒れ込んだ蓮は素早く起きて紀藤の顔面を殴りつけた。その一発が効いて蓮は紀藤を殴り倒した。

腕から流れる血を見て更に逆上した亘は、緒方の腹に蹴りを入れ、気絶する手前まで蹴り続けた。


あまりにも部屋の中の物音が激しいので、廊下に出ていた蘭子は、部屋のドアをそーっと開けて中を覗いて見た。するとドアの近くにうずくまっている緒方が見えた。彼は血が滲んだ顎を押さえており、左手にはナイフを持っていた。もう一人の紀藤は、あの客の男性に向かって折れた椅子の木の脚を振り下ろそうと身構えていた。

彼女は腰が抜けそうになって、慌てて戸を閉め、店長の部屋に向かおうとしたが、驚きのあまりへたってしまって、四つん這いになりなかなか前に進まなかった。

蘭子の知らせを聞いた泰三が、部屋に駆け付けた時には、緒方と紀藤が呻いていた。

二人はズボンをずらされ、尻の穴に椅子の木の脚を突っ込まれて呻いていた。

亘の姿は見えなかった。

床には血の付いたナイフが落ちており、血の跡も数か所あったが、量は多くなかった。

「無茶な……」

と泰三はその場で絶句してしまった。

(負傷していなければいいが……)

と彼は不安な気持ちで亘のことを案じていた。

四

広子は花屋を訪れていた。明日は、満夫が入院してちょうど四年目の日だ。その日に彼の部屋に飾る花を選んでいた。

（何がいいかな？　一輪だけだけど、今年はピンクのバラの花にしようかな……）

今の花を見つめる彼女の横顔を、中学時代の同級生が見たら、あの荒んでいた広子だと気付く者は誰もいなかったであろう。

広子はこの四年間でたくさんの本を読んだ。その結果、常に自分の内面を見つめるようになっていた。

コンビニのお店で買い物をしてくれるお客さんに、本当に丁寧に接するように心がけていた。中には意地悪な文句を言う客や、横柄な態度の客もいたが、広子は気にもせず、笑顔で接するよう心がけていた。すると相手の態度も少しは和らぐように感じられた。

ただ同じように笑顔で心から接しても、ひどいあしらいをする客もいた。そんな時は、彼女の心の中に、もう一人の自分がいて、じっと自分を見つめて、落ち着いて落ち着いてと声をかけてくれているると感じていた。

店長は、どんな客に対しても、笑顔で明るく接する彼女の姿を日頃から見ていて、若いが信頼できると、サブ店長の扱いを彼女に与えていた。

「保険証か何か、年齢を証明するものをお持ちですか？」

広子はにこやかに、若い女性の客に声をかけた。

「パネルにタッチするだけでいいでしょ」

と化粧の濃いその女子は答えた。大人の身なりはしているが、前の自分がそうであったので、広子は明らかにこの女子が中学生であることを見抜いていた。

「はい。でも一応確認させて下さい」

と言って広子は微笑んだまま、商品のタバコ二箱を持ったまま答えた。

「今ちょっと忘れて持ってないの。前は他の店員さん、タッチするだけで売ってくれたよ」

明らかにイライラした態度を見せながら、その客は言った。

「そうですか。でも確認させて下さい」

と言って広子はタバコを持ったまま渡さない。

「うるさいんだよ、このババァ！」

その女子はチャリン！　と小銭を置くと、広子の手からタバコを奪い店の出口へと向かった。

その瞬間、広子はレジのカウンターから躍り出て、店のドアから一歩出たその女子の肩を掴んだ。

女子は振り切ろうともがいた。

「放せ、ババァ！　客に向かってすることか！」

広子は怯《ひる》まず、相手の手を掴んで向き直らせた。

「あなたにこのタバコを渡すことはできません。未成年者らしいあなたに、そのまま言いなりに渡してしまうような、そんな弱い大人をあなたに見せたくはないの」

怒りに燃える相手の眼をじっと見つめながら、広子はハッキリと言った。自分の奥で、じっと自分を見つめている存在を感じながら。

その女子は広子の腕力に観念したのか、

「何訳の分からないことを言ってるの？」

と言ってタバコを手から落とした。広子はそれを拾うと、女子をレジまで連れて行き、置いてあった小銭を返した。

「また来て下さいね」

と言って広子は微笑んだ。

「誰が来るか、ボケ！」

と言ってその女子は出て行った。

店内にいた数人の客が、パチパチと広子に向かって拍手していた。

出て行った女子の後ろ姿に、自分が中学生だった頃の姿をだぶらせながら、広子は、

（早く何か夢中になれるものを見つけてほしい……）

と心で語りかけるのであった。

隆男は、満夫が病院に運ばれてちょうど四年目にあたる日に、全て決着をつけようと思っていた。すでに息子の光と宏児には、卓也、蓮、亘に、その日の十五時に満夫の入院している病院に来るように指示を出していた。彼らに満夫の目の前で全てを告白させ、心から謝罪させなければならない。もしそれを拒めば、どうなるか思い知らせてやるだけだ。

妻の吉乃にも知らせた。彼女にはかなり酷かもしれないが、真実は明らかにしなければならない。そして宏児に調べさせておいた女性、毎年その日に満夫の部屋に花を飾ってくれる女性。宏児は最初分からなかったと言っていたが、とうとう白状させた広子という女性も来るだろう。

そしてこの一年間、本当に満夫のことを親身になって面倒を見てくれた准看護師の木崎さんにもいてもらおう……。

隆男はその日のことを一つ一つ慎重に細かく考え抜いていった……。

智子は准看護師の中でも、若手の中心的な存在になりつつあった。

常に明るく患者達に接し、困難な仕事にも忍耐強く取り組んでいた。今日も満夫の全身を濡れタオルと乾いたタオルで交互に拭いてあげていた。

(満夫君ごめんね。この肩甲骨と臀部とふくらはぎの三か所だけ、どうしても床ずれの炎症を防ぐことは出来ないの……）

と呟いて涙ぐむ智子であった。しかし、この四年近く寝たきりの状態の満夫が、奇跡的にわずか三か所だけの床ずれで済んでいるのは、毎日の彼女の献身的な気遣いのおかげであった。

智子が自分の寝る時間を割いて、深夜にも少しずつ満夫の身体をずらして寝る姿勢を変えていたのである。

このことを知っているのは、看護師長の白石だけであった。当直の時の深夜、白石は智子がそーっと満夫の病室に入っていくのを見た。後をつけて、扉をそっと開けてみると、満夫の身体を必死になってずらしている智子の姿があった。

その姿を見て以来、白石は、智子が本当に信頼できる准看護師だと認めたのであった。

智子は満夫の父親から、「満夫が入院してからまもなく四年目を迎える。その日に、ささやかな催しをするから参加してほしい」と告げられた。

その時に智子が思いついたのは、あの高橋先生も参加してほしい、ということであった。どこまでも橘君のことを気にかけて過ごしている先生に、是非出席してほしいと願った。よし、何とか先生に連絡を取ってみよう……。

智子はまず、母校の中学校に連絡した。

「あの、四年前に卒業した木崎智子と言いますが、その時お世話になった担任の高橋先生は、今どちらの学校におられるか教えていただけませんか？」

電話に出た教師は、ちょっと待って下さい、と言って調べてくれているようであった。

「高橋先生は、八津中学校に転勤されています。良かったら、学校の電話番号をお教えしましょうか？」

親切にも高橋の転勤先の学校の電話番号まで教えてくれた。智子は礼を言って電話を切った。


「高橋先生、高橋先生、お電話が入っています。職員室までお戻り下さい……」

校内放送が流れて、高橋は職員室にかかってきた電話に出た。

「はい、高橋ですが」

「あっ、先生ですか。お忙しいところすみません。木崎ですが、分かりますか？」

名乗る前に、最初の明るい声で、彼はすぐに智子だと気付いた。

「あぁ、木崎か。よく学校の電話が分かったね。どうしたの？」

「はい、先生。実は、あの橘君が病院に入院してまもなく四年目を迎えるんですが、橘君のお父さんがその日にささやかな催しをされるそうなんです。先生も是非参加してほしくて連絡させてもらいました」

智子の弾んだ声につられて、分かった、参加させてもらうよ、と言葉が出かかったが、彼は唾を呑み込んで、

「今回は遠慮させてもらうよ」

と自分でも思いがけない言葉が口から洩れた。吹っ切れたつもりでいたが、命の底ではまだあの時、

すぐに満夫のもとに駆け付けなかった自分を許せないでいるのだろうか。

「先生、どうして？　橘君のことを一番心にかけていられるのは先生でしょ。どうして？」

彼女は、いい返事が聞けると思っていたので、思わず声が上ずってしまった。

「う～ん、自分でもうまく言えないなぁ。またその気持ちになったら電話するよ。せっかく電話してくれたのにごめんね。ではまた」

（また電話するって、先生、私の電話番号なんて知らないでしょ。どうして……）

切れた携帯電話をまだ耳に当てながら、呆然としてしまう智子であった。


橘満夫の兄の光から連絡を受けた時、卓也はまず怖れの「畜生界」に陥った。

（満夫に暴行を加えたあの時のことが原因で、満夫が自殺を図ったということが警察に知れたら、俺も共犯者だ。逮捕される。刑務所に入ったら悪い奴らに何をされるか分からない……）

卓也は恐怖感に苛まれた。

（畜生！　何で今頃脅迫されなきゃならないんだ……）

次に怒りの「修羅界」が現れた。

（あの時は光士の気魄《きはく》に圧倒されて負けてしまったが、今度は蓮もいる。ましてや亘さんも一緒だったら負けるわけがない。もうひと暴れしてやるか！）

蓮や亘のことを考えると、自分の身の丈が二倍も大きくなったような気がしてきた。

（よ〜し！　その日が楽しみだ……）

卓也は調子に乗った「天界」の気分にもなっていた。


アムールで負傷しながらも、念願の復讐を果たした亘は、気持ちが高ぶったまま、とりあえず傷の手当のため、蓮のアパートに立ち寄った。ナイフが刺さった瞬間に腕を払ったので、傷の深さは五センチメートルほどだったが、長さは十センチメートルにも達していた。

傷口周辺のこびりついた血をよく拭き取った後、蓮はタオルを何本も使ってきつく縛り止血した。

「ありがとう。大丈夫だ、こんな傷」

とまだ興奮した状態で亘は言った。

「病院へ行って消毒してもらった方がいいぞ」

と蓮は心配して言った。

「今何時だ？」

「十四時半過ぎだ。満夫の兄貴が言っていた病院までは、タクシーを飛ばせば十五時までには着くだろう」

と蓮は腕時計を見ながら言った。

「そうか。ちょうど病院じゃねぇか。そこで手当てをしてもらおうか」

と少しおどけた顔をしながら亘は立ち上がった。

五

・・

・・

・・

・・

・・

・・

・・・何も見えない・・・・・・・・・・・・・・・・・・・・・・・・・・・・・・・・・・・・

・・・何も聞こえない・・・・・・・・・・・・・・・・・・・・・・・・・・・・・・・・・・・

・・・何も感じない・・・・・・・・・・・・・・・・・・・・・・・・・・・・・・・・・・・・

・・

・・

・・・ぼゎわ〜んと何か聞こえる・・・・・・・・・・・・・・・・・・・・・・・・・・・・・・

・・・女の人の叫び声・泣き声のようだ・・・・・・・・・・・・・・・・・・・・・・・・・・・

・・

・・・・・・・・・・・・・・・・・・・・・・・・・うっすらと何か見える・・・・・・・・・・・・・・・

・・・何だあれは？・・・牛乳瓶だ・・・・・・・・・・・・・・・・・・・・・・・・・・・・・・・・・・

・・・何か入っている・・・何だ？・・花？・・・・・・・・・・・・・・・・・・・・・・・・・・・・・・

・・

・・・・・・・・・・・・・・・・・・・・・・・・・あっ、何か感じる・・・・・・・・・・・・・・・・・

・・・右肩か・・・右腕か・・・右小指か・・・・・・・・・・・・・・・・・・・・・・・・・・・・・・・

・・・左肩か・・・左親指か・・・・・・・・・・・・・・・・・・・・・・・・・・・・・・・・・・・・・

・・・触れられているのか・・・体温か・・・・・・・・・・・・・・・・・・・・・・・・・・・・・・・

・・

・・

・・・何か存在する・・・そばにいる・・・・・・・・・・・・・・・・・・・・・・・・・・・・・・・・・

・・・何も言わない・・・聞こえない・・・・・・・・・・・・・・・・・・・・・・・・・・・・・・・・・

・・・しかしそこにいる気配がする・・・・・・・・・・・・・・・・・・・・・・・・・・・・・・・・・

・・

・・

・・・何も感じない・・・

・・

深い闇に吸い込まれていっているのか　漂っているのか

深い深い闇の中で
飲み込まれてしまいそうになる時に
ぼんやりと見える一本の花

首に伝わる
ふくらはぎに伝わる体温

そばに存在することを感じる
人の気配

満夫の生命は深い宇宙の闇の中に漂いながら、時折微かに生命に触れるものを感じながら、今なお息づいていた……。


十五時五分前に、○○病院の入り口に現れた卓也に気付いた光は、座っていた椅子から立ち上がって玄関の透明なガラス扉に向かった。卓也は光に気付いて、ズボンのポケットにしのばせていたナイフに手をやると、いきなりその腕を後ろから掴まれた。

驚いて振り向くと、宏児が卓也を抱えるようにして立っていた。前と後ろを塞がれてうろたえた卓也に、光は、

「付いて来い」

と低く言って促した。

満夫の二〇三号室の向かいにある待合室に卓也は連れていかれた。

その部屋のテーブルの奥の椅子に座って、満夫の父の隆男が待っていた。二階のナースステーションの師長さんにお願いして、二時間だけこの部屋を借りていたのである。

「お前が高田か。あとの二人が来るまで、そこの椅子に座って待っていろ！」

押し殺した声で隆男は言った。

全身から迸る威圧感が凄かった。ここに来るまでは、ひと暴れしてやろうという卓也の「修羅界・畜生界」は、蛇に睨まれたカエルのように、縮こまってしまった。

二〇三号室には既に満夫の母の吉乃と、看護師姿の智子、そして広子が待機していた。窓辺に先ほど広子が飾った一輪のピンクのバラの花が映えていた。

「あなた達二人が満夫と同級生だったなんて全然知らなかったわ。木崎さん、本当に毎日の看護ありがとう。そして可能さんも、いつもお花を飾ってくれて本当にありがとう」

吉乃は担当医の田中から聞いた、献身的な智子の看護の様子や、宏児から聞いた広子のそっと気付かれないような心遣いなどから、二人のことを本当に嬉しく、親しい存在に感じていた。

「二人はお知り合いなの？」

智子と広子は顔を見合わせた。

「いえ、顔は知っていましたが、学生時代はそんなに話したこともなく、親しい間柄とまではいっていなかったです」

と智子が正直に言い、広子は頷いた。

「そう。それでも満夫のことを気にかけてくれて本当に嬉しいわ。ありがとう」

心から感謝してくれる吉乃に対して、二人は恐縮してしまった。二人は卒業して以来、今日初めて出会ったのだが、お互い名乗り合って、より驚いたのは智子の方であった。

中学時代の荒れていた広子の様子を知っていたので、今の落ち着いた、生き生きした広子の姿に目を瞠《みは》ってしまった。

広子の方は看護師姿の智子を見て、あぁ、あの秀才の木崎さんがキリッとした看護師さんになって……と感嘆していた。

「○○病院の二十メートルほど手前で降ろしてくれ」

と亘は運転手に頼んだ。

「何でそんな手前で降りるんや？」

と蓮は尋ねた。

「あほ。みすみす相手の思う壺にははまらんわ」

と亘は、タオルできつく縛った腕をさすった。

「何か考えがあるんか？」

「ない。出たとこ勝負やけどな。用心はしとかなあかん」

先に、蓮が病院の玄関に立つことになった。十五時を五分ほど過ぎていた。扉がスゥーッと開いた途端、先ほどと同じように光が前に立った。

「剛田蓮か？」

と聞いてきた。

「そうや」

と言った瞬間、宏児が長身の蓮の右腕を後ろから固めた。素早く光が蓮の左腕を固めようと思った瞬間、光は何か黒い塊に跳ね飛ばされてしまった。

宏児がそれに動揺して固めた力がやや緩んだので、蓮は右肩を捻って取られていた腕を外し、今度は素早く宏児の左腕を後ろから取って捻り上げた。

不意を突かれて跳ね飛ばされてしまった光は、起き上がろうとした瞬間、後頭部を殴られて気を失ってしまった。

午前中の診察が終わり、午後の回診が始まるまでの時間帯であったため、光達の玄関での小競り合いは、奇跡的に病院の職員達にも気付かれなかった。それほど一瞬にして決着がついたのである。

今度は形勢が逆転していた。

気絶した光を抱えていたのは亘であり、宏児の腕を捻り上げ、蓮は押し殺した声で、

「高田はどこにいる?」

と聞いた。光は捕らえられているし、自分も腕が折れる一歩手前まで捻り上げられているので、仕方なく、

「二階の待合室にいる」

と宏児は告げた。


バンと勢いよく待合室のドアが開いた。

橘隆男は、光を抱えた大男と宏児の腕を捻り上げながら入って来た男を見た。卓也は、

「ウオーッ!」

と声を上げて椅子から跳ね起きて亘の横に並んだ。隆男は亘と蓮を睨んだまま、座っていて動かない。動揺は感じられなかった。

「何のために俺らを呼んだんや？」

と亘は大声を出した。

「わしの息子に何をしたかを話せ！」

と隆男は睨んだまま言った。眉一つ動かさない。

「あぁ、反抗しよったから、ちょっと可愛がっただけや！」

亘はその時すでに鬼の形相になっていた。

肚から修羅の命になっていた。

「そうしたら、お前の息子が勝手に自殺しよっただけや。根性なしやから」

隣の蓮が調子に乗って言った。彼も既に畜生の命になっていた。

「わしの息子は死んどらん！

向かいの部屋に居る。お前らのとった卑怯な行為を息子の前で命から謝れ！

さもないとただではおかんぞ！」

閻魔大王が地獄の底で獄卒《ごくそつ》を叱るような大音声を放った。

部屋の窓ガラスがビリビリ震えた。卓也は亘の後ろに隠れ、蓮は宏児を捻り上げていた腕の力が弱り、宏児はすり抜けた。亘でさえ抱えていた光を取り落としてしまった。

素早く宏児は光をとらえて父の横に立った。隆男は光の頬桁を思い切り引っぱたいて光を正気に戻した。

隆男は三人を睨みつけ、

「向かいの部屋へ入れ!」

と再び大音声を発した。

今度は身構えていた亘が、

「しゃらくせえ!」

と叫んだ途端、素早く跳んで宏児を張り飛ばした。


待合室の扉がバンと開いて、宏児が腕を捻り上げられ、気絶した光を抱えて若い大男が二人現れた時、隆男は下腹に力を入れた。

何とか話をすることで、男達に満夫の前で謝罪させ、息子の無念を晴らさせようと思っていたことは無理だなと直感した。

何とかこの日を期して、今まで無言のまま、無意識のままでも生き続けている息子の頑張りに報おうとした親心が霧散した。

許してやれるかもしれぬ、と僅かながら残っていた菩薩の命は吹き飛んでしまった。

(済まん、満夫! 修羅の命が出てしまう!)

亘が宏児を張り飛ばすと同時に、光の腕に手をかけた蓮の顔面に、ガラスの灰皿が当たり砕け散った。テーブルの隅にあったものを隆男が投げたのである。

「ギャッ！」

と言って血まみれの顔を蓮が両手で押さえた瞬間、光は思い切り蓮の腹に肘を入れた。

今度はグッと呻いて蓮が崩れ落ちた。


向かいの待合室からの激しい物音に驚いた智子と広子は、待合室の扉を開いた。

その瞬間、彼女達の目に飛び込んで来たのは、男達の修羅場であった。

光は血だらけの蓮を取り押さえていた。

亘は宏児を捕まえていた。卓也は亘の後ろでオロオロとしていた。

「そいつをこっちに返せ！　さもないとこいつの腕をへし折るぞ！」

と叫んで亘は宏児の右腕を捻り上げた。

「ううっ！」

と宏児の口から声がもれた。

「光！　死んでもそいつを放すな！」

そして、

「そいつの腕を折りたければ折れ！」

と隆男は亘に向かって言った。

とその時、手に救急箱と包帯を持った智子が素早く光から血まみれの蓮を奪い取り、顔のガラス片を取り去った。一瞬怯んだ光が再び蓮を取り戻そうとすると、夜叉のような形相で智子は睨んで、光を寄せつけなかった。

すると、

「ウォオーッ！」

と獣のように吠えて、亘は宏児を頭の上に持ち上げた。


今にも放り投げようとした瞬間、扉がバンと開いた。

「亘！　その男を放せ！」

と叫ぶ男の声が聞こえた。

亘が後ろを振り向くと、九十九泰三の姿がそこにあった。


「何だ、お前か？　何で俺の本名を知っている？」

と亘は聞いた。

「私はお前の父親、九十九泰三だ」

と男は答えた。

亘は一瞬毒気を抜かれて頭上の宏児を取り落としてしまった。が、次の瞬間、

「俺には親父もいねえ！　お袋も自分の快楽のために俺を見捨てたような女だ！」

と叫んで、向かいの病室に向かって突進し、扉をバンと開いた。

その部屋の奥のベッドに、身体に幾本かの管を付けて横たわっている一人の若者がいた。

若者の横に座っていた女は、ゆっくりと立ち上がり、若者を守るように立ち塞がって亘を睨み付けた。

「ウォオーッ！」

と亘が叫び、吉乃を跳ね飛ばして満夫に襲い掛かろうとした瞬間、何かが亘の身体にぶつかり、亘と共にグラッと倒れ込んだ。

満夫に向かって行く亘を見た時、一瞬で「危ない！」と思った広子は、全身で亘にぶつかっていき、亘と共に倒れ込んだのであった。

すぐに部屋に飛び込んで来た泰三が叫んだ。

「亘！　取り消せ！

お前の母親は甲斐性なしの俺が多額の借金のために命を取られようとした時に、こんな俺を助けるために、自分の命を捨ててあの仕事に就いたんだ。

そしてお前を一人前の人間に育てるために、全身で稼いでお前を施設に託して死んでいった貴い女性なんだぞ！」

後ろから隆男、光、宏児、智子、蓮、卓也も入って来た。

隆男、光、宏児、卓也、蓮、亘の「修羅界、餓鬼界、畜生界」の命が凄まじい勢いで争い戦い続けた。そして広子・智子・泰三の「菩薩界」の命がそこに飛び込んだ。

待合室も、廊下も、満夫の部屋も、窓ガラスも、全てが命あるもののようにグラグラと揺れた。

倒れた亘が起き上がろうとした瞬間、亘の顔に西の窓から射し込んだ落陽の一閃《いっせん》が光った。

ちょうどその時であった。病院にやって来た高橋が満夫の部屋の扉を開いたのは……。

六

高橋は、木崎智子からの電話で、満夫の入院した日に皆で集まるので是非来てほしいと言われた時からずっと悩んでいた。

満夫をああいう身体にしてしまった原因が自分にあるとずっと考えていた彼は、自分にはその席に参加する資格がないと、一旦は断った。

しかしそのまま、ずっと逃げ続けていていいものか……と心の声が囁いていた。

そして智子に、「満夫君も必死に生きようとしています」と訴えられた時から、また挑戦の日々を歩み出したのではなかったか……。

そうだ。満夫のお父さんもお母さんも居られる、自分にとって辛い、参加しにくい場所ではあるが、そういう場所こそ逃げてはいけない……。

よし、自身の臆病な「畜生界」の生命を克服して挑戦の「仏界」へと駒を進めよう……。

やっとの思いで心を定めた時は、その日の午後三時前であった。

（よし、もう間に合わないかもしれないが、何とかその場に立ち会わせていただこう！）

高橋は病院へ向かった。

そして、高橋が満夫の部屋の扉に手をかけ、開いた瞬間、彼の身体はどこまでもどこまでも天に向かって持ち上げられていった。

気が付いて周りを見ると、広子と智子の間に太陽の光があり、向き合うように隆男も吉乃も泰三も、亘も蓮も卓也も、光も宏児も、そして満夫も高橋の横にいるではないか！

わたる
わたしは　おとうさんと　あなたを　まもるために　とうとい　しごとを　しました
なにも　くいは　ありません
あなたも　いきて

という声が聞こえた気がした。

突然、亘、蓮、卓也の生命に電撃が降り注ぎ、幼い時の純な命が三人の中に蘇った。

次の瞬間、高橋は病室の中にいる皆の姿を見た。

満夫のベッドのそばに滂沱《ぼうだ》の涙を流した亘と蓮と卓也の姿があった。

「満夫、俺達が悪かった！　取り返しのつかないことをした！　どうか俺達を許してくれ！」

と泣き崩れながら亘が叫び、蓮や卓也も、

「悪かった！　許してくれ！」

と泣き崩れた。

それを見ていた吉乃も涙を流して、隆男の方を見て頷いた。

満夫の身体の状態を示す機器がピッピーッと音を立てた。

「あっ、満夫君が動いた！」

と智子が叫んだ。

ベッドの軋《きし》む音がして、満夫の脚が動き、手の指が震え、頭が動いた。

そしてしばらくして身体を起こして周りを見ながら、

「みんなどうしたの？」

と呟いた。

完

おわりに

子供の頃、両親の影響で仏法に縁《えん》した私は、高校生になる手前の頃から、その考え方に少しずつ馴染んでいくようになりました。

その結果、人の行動の奥には、必ず命の動きがあると感じ、いつかこういうものを文章にしてみたいと思いました。それが今回の作品です。内容も表現も未熟そのものですが、ああ、こういう捉え方もあるのかと、一瞬でも思ってもらえたら幸甚です。

あとは、この作品を編集してくださった吉澤氏の高評を載せさせていただいて、おわりにの言葉とさせてもらいたいと思います。

――とても面白くて、長い物語でありながら、一気に読ませてしまう作品でした。

最初は、あまりにもたくさんの登場人物がいて、名前を覚えきれず、例えば一瞬だけ登場するコンビニの店員などには名前をつけなくてもいいのでは、とも思っていましたが、この小説のテーマのひとつ（だと思う）、「誰の心の中にも十界という宇宙があり、一瞬一瞬、常にその宇宙が動いている」ということを考えると、これは、ほんの一シーンのみの登場人物にも名前を与えたい、という作者の思いなのでは、と解釈するようになりました。

そのような、一人ひとりそれぞれの人生を俯瞰で見つめることで、誰も、心底悪い人間などいないと感じることができて、とても読後感がよかったです――

最後になりましたが、この本をお読みになっていただいた方に、深く御礼申し上げます。

市川　登

著者プロフィール
市川 登（いちかわ のぼる）
1953年、大阪府生まれ。
創価大学文学部英文学科卒業。
中学校英語科教員として勤務。
現在、非常勤講師として在勤中。
現在大阪府勤在住。

十界戦争 命の戦

2024年4月15日 初版第1刷発行

著 者 市川 登
発行者 瓜谷 綱延
発行所 株式会社文芸社
〒160-0022 東京都新宿区新宿1－10－1
電話 03-5369-3060（代表）
03-5369-2299（販売）

印刷所 株式会社フクイン

ISBN978-4-286-25148-6